DISRITMIA

Ronald Lincoln

DISRITMIA

Todos os direitos desta edição reservados à Editora Malê
Direção: Francisco Jorge & Vagner Amaro

Disritmia
ISBN: 978-85-92736-68-2
Edição: Vagner Amaro
Ilustração de capa: Tiago Sant'Ana
Capa: Dandarra Santana
Diagramação: Maristela Meneghetti

Texto revisado segundo o novo Acordo Ortográfico da Língua Portuguesa.
Proibida a reprodução, no todo, ou em parte, através de quaisquer meios.

Dados internacionais de catalogação na publicação (CIP)
Vagner Amaro – Bibliotecário - CRB-7/5224

L736d	Lincoln, Ronald
	Disritmia / Ronald Lincoln. — 1.ed. — Rio de Janeiro : Malê, 2022.
	130 p.
	ISBN 978-85-92736-68-2
	1. Contos brasileiros I. Título.
	CDD B869.301

Índices para catálogo sistemático: Contos brasileiros B869.301

Editora Malê
Rua Acre, 83, sala 202, Centro. Rio de Janeiro (RJ)
www.editoramale.com.br
contato@editoramale.com.br

Para o Dayo, meu filho

Sumário

Intruso no Ciep...9

Nego gosta de chocolate no frio 17

Quase da família..21

Imperatriz Furiosa...33

Jogador Caro...49

Teoria da Relatividade..61

Como nascem as estrelas..65

Sem tempo para homem...71

Bilhete...75

Nunca precisaram tanto de mim................................79

Garrincha 85

Troia..91

Erva-doce 99

Disritmia...105

Cortina de fumaça..109

Rian enganou a morte..125

Intruso no Ciep

Os tiros se anteciparam aos galos para anunciar o dia no Morro da Mangabeira. Policiais e traficantes em guerra. Rajadas intermináveis de fuzis ecoavam prenúncios de morte pelas vielas. Instalada às margens do morro, havia uma escola, um Ciep. O grandioso e retangular prédio de concreto era uma espécie de fronteira que demarcava os limites da favela e do asfalto. Os moradores orgulhavam-se de ostentar bem no subúrbio do Rio de Janeiro, entre barracos e casas de alvenaria, aquele edifício — arquitetura de Niemeyer, riscada de pichações.

Muitas crianças que já estavam na escola quando a confusão começou, tiveram de permanecer durante toda aquela manhã de peleja. Rosana, a diretora, percorria os corredores dando orientações para a segurança dos alunos. Protocolos eram executados com a eficiência de quem fizera aquilo outras vezes. As crianças, habituadas àquela realidade tão comum na Mangabeira, se sentiam mais seguras ali do que na favela. O Ciep parecia um forte, guardado por um muro alto nas laterais e na frente, com os fundos cercados por um alto barranco, cujo topo abrigava algumas casas.

Com o passar das primeiras horas, os sons de tiros cessaram. Mas os nervos continuavam aflorados na sala da direção. Rosana atendia telefonemas de mães assustadas e tentava acalmá-las, desligava e começava a discutir com as coordenadoras estratégias para a saída das crianças, até que outra mãe ligasse novamente. Soube, em uma das chamadas, que a operação policial era comandada pelo coronel Marehz. A tropa dele raramente levava gente presa; passavam, e os corpos ficavam para trás. Com aqueles homens na rua, os alunos só sairiam da escola quando a diretora tivesse absoluta certeza do fim da ação policial.

Em certo momento, Marina, a faxineira, chegou ofegante à saleta, interrompendo a reunião. Teve de sentar para recuperar o prumo.

— Desembucha, mulher! Parece que viu um fantasma — disparou Rosana.

— Antes fosse, chefe. É um menino.

Marina explicou que, enquanto fumava sozinha nos fundos do Ciep, avistou um vulto descendo em fuga a inclinação do barranco. Ele tropeçou e caiu rolando no barro até aterrissar nas dependências da escola, desnorteado. Ela reconheceu o magricela de short, sem camisa e rádio transmissor na cintura. Era Jessé, um aluno do oitavo ano, que foi parando de frequentar as aulas até trocar, definitivamente, a escola pela esquina. O garoto nem se deu conta da presença da funcionária. Ele se levantou e correu, mancando e machucado, e disparou até o vestiário do ginásio de esportes. Em seguida, Marina pôde ver policiais no alto do barranco farejando Jessé, mas sem coragem de descer.

Rosana escutou o relato com uma expressão indecifrável. Cerrava ainda mais os olhinhos puxados, por cima dos óculos de aros azuis-turquesa arredondados. À moda dos jovens, a mulher de cinquenta e poucos anos vestia calça jeans e casaco moletom, que lhe sobrava nos braços. Sentia-se mais confortável assim e acreditava que, dessa maneira, criava maior identificação com os alunos. Isso, no entanto, não diminuía a reverência com que a tratavam.

As coordenadoras a encaravam aflitas. E Rosana não titubeou, mandou chamar Léa, a professora do oitavo ano. Catou um uniforme de aluno no almoxarifado e foram juntas atrás de Jessé. Iriam vesti-lo e juntá-lo aos adolescentes. Léa, contudo, caiu no engano de ponderar a decisão da diretora, mas esta disse com firmeza:

— Ele não é aluno? Não está matriculado? Dentro desta escola, ninguém vai encostar nesse menino.

Os laços com Jessé vinham de longe. A própria Rosana fora professora dele nos anos iniciais, ensinou-o a escrever o nome, as primeiras palavras, os números, para depois sofrer com o rumo que ele tomou. Certa vez, a diretora se meteu na boca de fumo sozinha para dizer que, se ele não voltasse para as aulas, ela mesma mandaria a professora Léa reprová-lo — como se fosse o desempenho escolar o que estava em jogo. Na verdade, ela só queria tirá-lo dali. Na frente dos novos parceiros, Jessé prometeu, mansamente, que retornaria aos estudos. Mas todos sabiam que isso não aconteceria.

A notícia da fuga de Jessé para a escola e a decisão de Rosana se espalharam rapidamente entre os professores e demais funcionários, que, naquele instante, povoavam os corredores, como se a escola tivesse se transformado em um gabinete de guerra. Falavam todos ao mesmo tempo; uns de forma exaltada, outros tentando apaziguar os ânimos. Os mais radicais pregavam a denúncia e a exoneração imediata da diretora.

— A mulher endoidou, tá colocando as crianças em risco! — alardeou Marinho, o novo professor de educação física.

— Por isso mesmo temos que nos acalmar, pelos alunos, argumentou Vânia, a coordenadora pedagógica.

Então veio mais uma ordem da diretora, e todos os professores recolheram suas crianças das salas. Fila indiana para descer até um lugar mais seguro. Na frente, os do primeiro ano, e assim por diante, até os adolescentes do nono. Todos marcharam silenciosamente para o ginásio de esportes. A grande quadra estava tomada de montes de terra, areia, entulho de paus e pedras — rastros de uma reforma que durava tanto tempo que muitos nem se lembravam quando começara, mas todos sabiam que não terminaria tão cedo.

Algumas crianças se aventuraram a correr entre o piso de cimento esburacado, entre montes de entulho, passando debaixo das traves corroídas por ferrugem, que ameaçavam cair na cabeça de alguém. Dois meninos recolheram pedaços de pau e começaram a simular armas de fogo. Pow, pow, pow, atiravam, sem dó, um contra o outro. Então, um deles se lançou no chão, entre pedras. Baleado, mas de mentirinha. Antes que Carla, a professora do primeiro ano, pudesse repreendê-los, Rosana agarrou pelos braços o garoto que estava de pé empunhando o pedaço de pau e o sacudiu com força até que, assustado, ele soltasse sua arma imaginária. Mesmo assim, a diretora continuou a apertar e apertar, em uma espécie de transe, que só foi interrompido quando lágrimas do menino desarmaram seus punhos, e então o pequeno voltou silenciosamente para a fila.

A movimentação no ginásio ainda não havia terminado quando soou a campainha da entrada do Ciep. Atrás do portão, estavam Marehz e uns dez policiais. O homem tinha um quê de personagem de filme de guerra dos Estados Unidos. O corpo envergado e uma postura altiva, que davam a impressão de ele ter uma estatura maior do que a real. As rugas que se dobravam sobre os olhos condiziam com seu temperamento sisudo, e o tufo grisalho no topo da cabeça, mesmo com o cabelo raspado nas laterais, denunciava a sua maturidade. Num instante, Rosana estava diante dele, examinando-o com firmeza.

A senhora é a diretora?

— Pois não.

— Vamos entrar para buscar um ganso que pulou na escola.

— Aqui só tem estudante.

— Tem, não, senhora. O bandidinho pulou para cá, e vamos entrar.

— Não podem entrar assim, só tem criança aqui. Vocês têm mandado?

— Mandado é o caralho. Se morrer alguém aqui por causa de bandidinho, a senhora vai segurar o B.O?

Impaciente, Marehz empurrou a diretora, que não tombou por pouco. Em seguida, entrou pelo portão e deu ordens para seus homens revirarem o Ciep. Rosana não estava disposta a assistir quieta àquela invasão, então mandou os funcionários acompanharem a revista, enquanto ela permanecia com professores e alunos no ginásio.

No meio da turma do oitavo ano, estava o atividade. Custava a se manter de pé, por causa das dores e dos arranhões que adquiriu no tombo no barranco. Assim como a diretora, só ficaria seguro quando Marehz desaparecesse. Sentia os olhares dos colegas que não via há tempos, agora receosos do perigo de sua presença, mas também preocupados com o destino do antigo companheiro.

Os soldados percorriam as salas de aula, arrombavam as

portas, sondavam corredores, com fuzis empunhados, como se vasculhassem um QG de bandidos, onde, ao atravessar uma porta, pudessem se deparar com armas apontadas para suas cabeças. Averiguaram todos os espaços e não encontraram nada além de carteiras vazias e quadros negros com lições interrompidas.

Inconformados, Marehz e seus soldados deixaram o prédio da escola em direção ao ginásio. De longe, Rosana viu o professor Marinho se destacar das crianças e caminhar até o coronel. Eles conversaram por alguns instantes, e então os policiais se aproximaram da turma do oitavo ano. Jessé tremia na formação.

— Vamos precisar esculachar geral para saber quem é o atividade? Se precisar, a gente esculacha.

Olhares se cruzaram. Ninguém iria caguetar, como fizera o professor Marinho. Na favela, essa lição se aprende antes de completar a tabuada. Jessé, preocupado com os outros alunos e com os professores, deu um passo à frente, cambaleante. Então, um dos soldados se precipitou contra ele, imobilizando-o num mata-leão. Aquilo causou um alvoroço entre os alunos e docentes. Era a cena de um pesadelo. A diretora e as professoras tentaram avançar contra o policial, porém foram contidas pelos outros soldados.

— Deixa que a gente toma conta – debochou Marehz.

A sentença estava dada. As criancinhas olhavam aterrorizadas, e as maiores viam uma delas ser levada bruscamente para prestar contas, como se fosse adulto. Os meninos, sobretudo, carregavam a sensação de "podia ser eu".

A frase do coronel ecoava na cabeça de Rosana: "Deixa que a gente toma conta". As pessoas olhavam para ela, como se esperassem alguma reação, qualquer uma, e tudo que viam era o abatimento de seus olhos. Por dentro, pairava um sentimento de desamparo, como uma mãe que tem sua cria tirada dos braços. Seus alunos eram o propósito de sua vida, e a perda de Jessé implodia todos os alicerces que a sustentavam.

Naquele instante, algo se acendeu e se alastrou nela, até explodir num acesso de fúria. Rosana catou uma pedra no canteiro de obras e caminhou até a viatura de Marehz. Andava como se flutuasse, a expressão inerte como se a força que a carregava não fosse física. Então, ela arremessou a pedra no para-brisas da viatura, estilhaçando o vidro.

O jeito foi levar a diretora presa, ao lado de Jessé. Perplexos, alunos, funcionários e professores viram a viatura se afastar. Rosana, lá dentro, com um semblante sereno.

A diretora tinha perfeita compreensão de seu ato. Lá, no fundo, ela acreditava que ser educadora exigia uma pequena dose de loucura. Se era necessário ir presa para evitar que Jessé acabe, como tantos outros, numa vala. Para que ele tenha a oportunidade de quem sabe, voltar a estudar, Rosana faria isso. Ninguém encostava as mãos nos alunos dela.

Nego gosta de chocolate no frio

Revoada no shopping pra pagar uma conta da coroa. Jabá foi junto. Tá de testemunha. Quando tava chegando nas Casas Bahia, avistei a braba do PSG no vidro. E essa nera Nike, não. Essa era Jordan. Jordan é Nike, tá ligado? Mas é separado, tipo grife, pega a visão. Bagulho parece que foi me puxando pela vista. Botei o zoião no vidro, tava a camisa azulona, bolada. A do Messi, a do Neymar. Dá até pra ir em casamento, de tão braba. Aí brotou um vendedor do nada. Pedi pra experimentar. O cara falou que aquela era muito cara, vários papo torto, que tinha outra na promoção. Menor, só de raiva mandei vir à vista. "Traz agora, chefe, vou sair usando ela na rua, quero nem testar na carcaça, dá logo a grandona." No vapo. Vendedor cara de cu. Não tem jeito. Quer menosprezar nós, nós dá a invertida, que tiro trocado não dói. Joguei por cima da blusa, tava maior friaca mesmo.

Qual foi, Digo Digo? Não tô te entendendo legal. Vou me estressar contigo, menor. Comprei a blusa na moral. Qual foi? Quero essa vida mais não. Tu acha que é bom andar de tornozeleira pa cima e pa baixo? Menor, ficar preso só se for com a preta. Se liga. Comprei, pô. Trabalhando, pô. Pra que tu quer saber do trabalho? Tu é polícia, Digo Digo? Tu é 007? Serviço aí foi bagulho doido. Dei o papo pro Jabá. Fala pa ele, Jabá. Han, doideira.

Digo Digo. Bagulho é doido. Tava vários dias procurando trabalho de sol a sol, menor. Centro, Madureira, Leblon. Até de faxineiro eu procurei, e nada. Tem noção? Eu? Lembra de mim antigamente andando nessas rua? Trajadão, maciço no pescoço, voado na XRE? Segunda-feira eu só lembrava dessas época. Mais de quatro hora na fila pra vaga de faxineiro. Na minha vez, o encarregado lá falou que a empresa não aceita egresso. Sabe o que é não? Egresso é egresso do sistema, tá ligado não? É o jeito que eles fala de quem já pagou cadeia. Porra, fiquei puto e bolado. Isso é pra tu ver que tô querendo mudar de vida. Mas mudar como?

Calma aí, calma aí. Deixa eu terminar de contar a história. Tava arrumando nada. Oprimidão. Aí meu tio Juarez. Isso, aquele da igreja. Ele mesmo. Tranquilão, ele. Me chamou pra trabalhar de segurança, bagulho de político aí. No dia, de manhãzinha, cheguei na firma lá. De calça pra não explanar a tornô. Me deram uniforme lá, né. Terno, calça social, gravata e os caralho. Bagulho tava grandão, parecia roupa de defunto. Mas fiquei trajado. Pique Will Smith, MIB, Homens de Preto. Queria que minha coroa visse. Pique empresário.

Fomo pro serviço. A missão era ficar na contenção dum político. Aquele pela saco do Jaime Lessa. É aquele mermo que mandou fazer mais blindado pros cana subir morro. Na moral, que se foda. Era 800 conto por um dia de trabalho. Abracei a causa. Bagulho era lá num prédio lá na Cidade. Chegando lá, tinha protesto, aí. Uns 50 candango lá. Manifestante, estudante. Na intenção do Lessa, né? O cara é bandidão mermo. Não tem jeito. Geral com ódio. Nós entrou com ele no prédio voado. Prédio lá dos deputado. Passamo batido. Aí o cara embicou na sala lá. Deixou nós no gabinete dele, vários lanche, vários tipo de suco. Amassei. Tinha nem almoçado.

Só sei que o bagulho do Lessa lá demorou à pampa. Era julgamento. Gosto nem de lembrar de julgamento que fico pensando no meu. Horas depois, muitas horas, ele saiu. Sorrisinho no canto da boca. Tava absolvido. Absolvido é liberado. Aí que tu vê legal, justiça não é pa nós. É pa eles. O cara com vários bagulho nas costa, corrupção. Milhões e milhões que ele roubou. Tá ligado? Irregularidade, menor. Não é puxar maciço que nem nós fazia pra pegar 70 merréu na grama do ouro. Eles rouba bagulho grande, menor. Milhões. A lei é pa eles, menor. Mas a justiça é Deus. Ele sabe de todas as coisas. Esquece.

Quis nem mais pensar nessas parada, só queria pegar meus 800 conto e me adiantar. Mas aí que foi o caô. Quando nós embicou na porta do prédio pra meter o pé, os 50 manifestante era mais de mil. Os cara tava muito puto. Com ódio do Lessa, liberado. E de nós que tava fechado com o Lessa. Enfretamo na cara e na coragem. Saímo no meio da boiada pa chegar no carro dele. Fizemo um cordão com o braço. Vieram os cana pra ajudar, mas era muita gente, menor. Tacava garrafa, água, pedra, e nós abrindo caminho.

Menor, essa é a parte boa. Se liga. Do nada brotou um manifestante com o pau da bandeira pra largar uma madeirada no meu coco. Esquivei, pô, esquivei. E dei um empurrão. Aí o manifestante me chamou de macaco, menor. Tem noção? Macaco. Na moral, esqueci Lessa, esqueci dinheiro, esqueci a porra toda. Meti um direto por dentro da cara dele. O malucão caiu que nem banana madura, o melado desceu do nariz. Os amigo dele gritando, acudindo. Menor, nós é bom, mas não é bombom. Depois disso, saí arrastando geral que passou na minha frente. Que nem o Lukaku na Copa do Mundo. Para no trilho, o trem arrasta.

Só sei que depois deixamo o Lessa tranquilão na mansão dele lá. O chefe pagou eu, meu tio, e os outro segurança. Menor, vai nem acreditar. Os cara queria que eu continuasse trabalhando pa eles fazendo a contenção. O supervisor falou: "Coé, negão, Lessa gostou de tu. Disse que tu é magrin, mas é disposição na porrada." Falei brigado e meti meu pé. Essa vida né pa mim não.

Aí comprei essa camisa, né. Meu aniversário semana passada, aquelas coisa. Mas, pega a visão, o resto do dinheiro eu peguei e guardei. Depois brotei lá em Madureira e comprei chocolate. Tô vendendo no sinal. E tá fluindo. Menor, pega a visão, tá frio. Nego gosta de chocolate no frio.

Quase da família

Sonha com Guapi e é sempre bom estar em Guapi, mesmo que seja apenas em sonho. Sentada na pedra, com os pés afundados na beira da represinha, Celina olha para o alto e vê o céu profundamente azul entre as flores rosadas da quaresmeira. Ao fundo, o som das águas que caem das pedras soa como uma agradável canção, um convite a se despir, mergulhar. Mas a melodia é interrompida por três batidas secas na porta.

A mente viaja os 90 quilômetros entre a cidade de Guapimirim e a volta para o quartinho de empregada, em Copacabana. Celina se senta na cama lentamente e volta àquele mundo escuro. Então se levanta e desenrosca a camisola da barriga e a estica até as pernas. Isso não demora mais do que dois ou três segundos. Tateia as paredes até encontrar o interruptor. É menos a luz e mais o rosto de desespero da patroa que faz a mulher, verdadeiramente, despertar.

— Celina, ajuda pelo amor de Deus! Serginho tá todo se tremendo em febre, não sei o que fazer. Por favor, me ajuda! — implora dona Helena.

A patroa vai na frente até o quarto do menino, enquanto Celina a segue como um soldado. À beira da cama, o pai aguarda com uma expressão de pavor, enquanto o franzino corpo de Serginho treme. O rosto branco, mais pálido que o normal, e uma tosse seca insistente dão a impressão de ser impossível respirar.

— Ajuda, Celina, por favor, faz alguma coisa.

A mulher corpulenta tem um pouco de dificuldade para se sentar na cama, que é também um carro de fórmula 1, e está muito baixa. Mas senta e estende a parte de fora da mão suavemente sobre a testa do menino, quente demais. Depois, desce para o pescoço, um fogaréu. E então o puxa serenamente pelo braço.

— Serginho, vem com Celina, vem.

A criança ouve o chamado e tenta reagir, mas as forças do corpo lhe traem. Então Celina atravessa um braço nas costas do menino e o puxa contra seu peito, e com o outro, ergue as finas e pálidas pernas, carregando-o até o banheiro do quarto, a dois metros da cama.

Apressadamente, tira as pecinhas de roupa e submerge o menino na água fria que cai da ducha. Finas e geladas gotas não se compadecem ao encostar no corpo de Serginho, de modo que ele treme ainda mais, os gemidos são mais altos, a respiração fica ofegante, e logo a mãe se assusta.

— Ele não aguenta, não está vendo? A água está muito gelada! — reclama Helena.

Celina continua a banhar a criança, mas atira um olhar cerrado, as testas franzidas, em direção à patroa, e essa foi a única resposta que soube dar. Helena acolhe calada, e se esconde num abraço do marido, estático.

E a água desliza, pouco a pouco, sobre a nuca do menino, arrastando para fora a quentura. Enfim, ele consegue abrir os olhos e logo estica a coluna, os braços e pernas do colo de Celina até firmar os pés no chão. A empregada abriga a criança em uma toalha e a leva até a cama. Serginho está extenuado, porém sem o ardor. Num instante, ela o faz tomar uma dose de novalgina, não a amarga, mas um xarope rosinha, sabor de framboesa, para a febre não voltar; também prepara um chá de limão com mel que desenrosca o nó da garganta para amainar a tosse.

A empregada sente-se demasiadamente cansada, mais pela tensão da patroa do que pelo trabalho que executara como um relógio. Era só uma febre, coisa de criança, voltou exausto da Disney, do avião. Esse menino não tem limite, só precisa descansar, reflete Celina, antes de dormir. Ou de tentar dormir.

O sono dura pouco. Não importa quão cansada esteja, os dias de Celina começam antes dos primeiros trabalhos do sol. Ao chegar na cozinha, para preparar o café, estranha a grande lista de compras que dona Helena deixara no balcão de mármore. O suficiente para encher uma Arca de Noé com tanta comida, papel higiênico, xarope, álcool. Tanta coisa que tem de pedir ajuda ao seu Nélio da portaria para subir as bolsas quando retorna.

— Esse povo de Copacabana endoidou, dona Celina. Tão lotando o mercado, comprando tudo. Parece a terceira guerra mundial. Tudo por causa desse coronavírus. Mas quer saber? O capitão Martins, do décimo sétimo andar, garantiu que é só uma gripezinha, ele viu no WhatsApp só de militar. Gente com contexto no governo. E você, Celina, toma cuidado, porque tem patrão demitindo aí. Tão se trancando em casa e dispensando as meninas, com uma mão na frente e outra atrás. Ontem mesmo rodou aquela cearense do 302, aquela do Pavão, uma moreninha...

Só de pensar na possibilidade de dispensa, Celina não consegue escutar mais o porteiro. Falta tão pouco para se aposentar. Mais dois anos e poderá estar em Guapi. Ela, o filho e os netos, no quintal. As flores rosadas das quaresmeiras, as samambaias, as amoras pretinhas, o cheiro de alecrim. Dispensa, nem pensar.

Entra pela porta de serviço e ouve um burburinho na sala, então estica mais um pouco os ouvidos e distingue a voz do doutor Fernão, amigo da família, numa conversa com Raul e Helena. Examina Serginho, ela deduz. Enquanto organiza a despensa, escuta o médico pedir que não saiam de casa, e que avisem caso a criança piore, afinal essa é a recomendação que o governo está dando para quem vem de fora, tudo por causa dessa doença chinesa, que já tinha feito um monte de vítima nos Estados Unidos, de onde chegaram no dia anterior.

— Fernão, lembra da Celina? Foi ela quem fez a febre do Serginho baixar, acredita? E nem tem curso superior — graceja Helena ao ver a empregada se aproximar, com copos de água gelada.

— Lembro dela, estava na última vez em que vim aqui. Tem o quê, uns dois anos?

— São cinco juntos. Chegou assim que saí da licença do Serginho e hoje é quase da família. Inclusive, tirou férias conosco na última viagem à Disney. Não essa agora, a anterior. Acredita que ela nunca tinha viajado de avião?

Dois anos antes, Celina fora com a família para a Flórida. Duas suítes para os Ferreira Alves. Em um quarto, a doméstica e o garoto; no outro, os pais, em uma segunda ou terceira lua de mel. Logo na primeira noite, a visita de muitos pesadelos fez com que Serginho pulasse para a cama da empregada, que usou os poderes que carrega na ponta dos dedos para acariciar os pequenos cachos e, assim, desfazer, um a um, os sonhos ruins. A mesma magia usada para estancar a febre. Como não se sentia com autoridade para mudar a arrumação do mobiliário do quarto, nem solicitar nada, Celina teve de dormir apertada todos os outros dias, porque Serginho não queria correr o risco de ficar sozinho. O grande quadril sempre na vertical, pra não derrubar o menino. Encolhia a barriga, curvava o corpo a madrugada inteira e tinha dor nas costas pela manhã. Para piorar, todo dia era dia de parque, todo dia era dia de shopping. "Segura essas bolsas pra mim, Celina". E segurava, uma, duas, três. Nenhuma daquelas roupas, celulares, vinhos que enchiam as sacolas eram dela.

Celina quis comprar um perfuminho importado. Se bem que na Flórida não era importado, pensou. Era só um perfume. Mas, para o povo de Guapi, era importado, sim. Queria mesmo é que seu filho estivesse junto na Flórida. Paulo Henrique ia achar bonito demais o castelo da Disney à noite, todos aqueles fogos coloridos, os canhões de luzes dançando no céu; nem Copacabana no Réveillon se compara.

Aqueles refrigerantes de todos os sabores, tinha de cereja, groselha, tangerina; nunca vira lata verde de Coca Cola. Nas paradas para lanche, Celina se continha para não exagerar nas doses de açúcar. "Não, dona Helena, muito obrigado, mas minha diabetes ataca". Mas sempre cedia a si mesma. "Tá bom, vou tomar só um pouquinho, para não ressecar a garganta."

Neste ano, Celina preferiu ficar em Guapi. Dona Helena até convidou: "Não quer tirar férias com a gente?". Não quis. Férias não é correr atrás de menino, carregar bolsas para madame. Queria mesmo descansar, na cama dela, queen size. Ainda estava pagando, mas era dela. Cuidar de criança, só se for dos netos lá em Guapi, que espicharam de tamanho e ela não viu. Além do mais, precisa terminar a obra do quintal, ajeitar as plantinhas. Breve, breve irá se aposentar e quer sua casa com aparência de lar, a fachada de azul, em vez de alvenaria; decorar de azulejos a cozinha e o banheiro, enfeitar de flores o jardim. Se trabalhar por mais dois anos, terminará a reforma e ainda vai dar para guardar um dinheirinho.

Celina voltara ao trabalho um dia antes de os patrões chegarem das férias, um dia antes da febre de Serginho. Abriu as janelas para tirar o odor do charuto do seu Raul que resistiu por semanas, enquanto a casa esteve fechada. Terminou a faxina cedo e, à tardinha, se permitiu dar uma passadinha na praia. Desceu do prédio, atravessou a Avenida Atlântica, assim, de roupa de casa mesmo – a bermuda jeans, a camiseta de malha listrada. Só queria afundar os pés na beirinha, sentir a água fria. Lembrar das cachoeiras de Guapi.

A praia estranhamente vazia num dia tão quente. O verão fora esvaziado pelo medo da doença. Os jornais, rádios e TVs noticiavam, dia e noite, o vírus que surgira na China, deixando uma multidão de gente doente e, não poucos, mortos. Logo, logo, poderia desembarcar no Brasil, os jornalistas alardeavam. Medo, Celina tinha, mas a assustava mais a possibilidade de se afastar do trabalho e perder o emprego. Afinal, faltavam apenas dois anos para a aposentadoria.

— Por que não dorme aqui durante o fim de semana, Celina? Acrescento mais uma quantia ao seu pagamento e, além disso, a rua está perigosa com esse negócio de coronavírus. Imagina como vai ser pegar ônibus cheio de gente até Guapimirim. Não é lotado?

— É sim, dona Helena — responde —, um tumulto só.

Não era, porque Celina sempre sai de noitinha às sextas-feiras, na hora certa para pegar o ônibus mais vazio na Central, sentada, ouvindo rádio e dormindo o sono de uma semana inteira de trabalho duro, e só acorda no centro de Guapi. Não queria concordar com a Patroa, mas lembrou do que Nélio, o porteiro, disse, "esse pessoal está dispensando as meninas", e Celina não quer pensar em dispensa. Pensou na casa azul, as plantinhas bonitas no quintal. Os fins de semana livres, os dias de semana livre para ver as novelas. Por fim, decidiu ficar. Realmente se considera mais protegida no apartamento de Copacabana. Essas coisas ruins não acontecem na zona sul, não, pensa. E telefona para Paulo Henrique para avisar: "Apenas umas semanas, meu filho. Dá um beijo nos meninos. Vovó ama".

A dor no peito começa dias depois. De manhã. Celina acorda, e a garganta arranha; custa para beber água, dói para tossir. E como parar tanta tosse? O chá não faz efeito. Quer ir à farmácia, mas o corpo está cansado demais; os braços, as pernas, pesados demais. Até o ar pesa sobremaneira e entra preguiçosamente pelas narinas. O ar úmido e salgado que paira sobre o mar de Copacabana atravessa a Avenida Atlântica, adentrando pela varanda do apartamento. Aquele ar tão nobre. Nobre e pesado demais.

Do seu rosto, brotam gotas frias de suor; se são efeito da doença ou da vergonha pelo que iria fazer, ela não sabe.

— Serginho, por favor, acorda mamãe para Celina. Acorda mamãe e diz que Celina está muito doente. Pergunta se ela não pode chamar o doutor Fernão, por favor.

O menino volta e diz que a mãe ainda está dormindo. Helena havia acordado, Raul também. Entreolharam-se-se e pediram a Serginho para mentir, só uma mentirinha. "Depois a gente fala com Celina. Mentirinha, só dessa vez".

Celina se arrasta até a cozinha. Tenta preparar algo, apenas tenta. Cata os feijões sobre a mesa, atira-os na panela de pressão. Cebola e alho exalam seu ardor inconfundível pela cozinha. Celina não sente nada; cega de gosto e de cheiro. Apaga o fogo e deixa tudo ali, nem cozido nem cru. A patroa sai do quarto muito tempo depois. Ao vê-la, Celina dispara:

— Dona Helena, não tenho condições. Preciso ir ao médico. Será que a senhora não pode ligar para o seu Fernão?

— Menina, você não imagina o preço de uma visita do Fernão, esses médicos cobram o olho da cara. Mas por que você não faz um chá? Você é tão boa nisso, as mãos mágicas.

— Dessa vez a dor tá muito forte, dona Helena. No peito, na coluna, na garganta. Tenho condições de esperar, não. Mas não se preocupe, não, que eu vou na UPA, é logo ali em Botafogo.

E Celina sabe que não vai à UPA. Gente demais, fila demais, médico de menos. Sua mente e seu corpo esquentam, enquanto a patroa continua a encará-la com um olhar de lamento, um quase choro, que nunca deságua. Era a expressão que Helena tirava da gaveta de seus sentimentos toda vez que Celina pedia um favor. "Quase da família."

— Mas tem certeza? Continuo achando que é melhor você repousar aqui, no quartinho. Olha só, você nem precisa fazer a comida hoje, o Raul vai pedir um lanche pelo celular. E, além do mais, se você for ao hospital... sabe, tem muita gente contaminada lá, e se você for, talvez seja melhor não voltar, pelo menos por esses dias.

Celina abaixa a cabeça e respira fundo, o ar desobediente a lhe negar.

— Eu vou. Melhor ir.

— Então, tudo bem. Vou te adiantar o dinheiro desses últimos dias, tá certo?

Enfia tudo que consegue em duas bolsas de pano. Atravessa a cozinha e o corredor até a saída de serviço em silêncio. "Quase da família." Celina sufoca a voz dentro da garganta, e dói. Então, mira os olhos dela, da patroa, no momento em que recebe a merreca dos últimos dias, tudo contadinho. Nem mais nem menos. E Helena, mais uma vez, a expressão de lamento, a cabeça baixa, com medo de ouvir o que os olhos de Celina têm a dizer. A fumaça do charuto que chega na cozinha e sai pela porta denuncia a covardia de Raul, que fuma na varanda, acuado na própria casa.

Quando Celina abre a porta, não se contém:

— Vão tudo tomar no cu, vocês não são bons pra ninguém.

No fundo, nem ela sabe o que quer dizer com aquilo, é desajeitada com palavrões, mas sai bem, com gosto, como se desamarrasse um nó na garganta. Uma injeção de ânimo e ódio, combustível para partir dali. E, ainda se sentindo fraca, Celina liga para Edno, um taxista lá de Guapi que faz ponto na General Osório. Quer ser atendida lá no hospital de sua cidade.

Na estrada Rio-Teresópolis, Celina derrama o peso do seu corpo sobre a porta. O vento, atravessando as janelas com vigor, mente aos pulmões da mulher, que respira com sofreguidão. Ela olha para fora e assiste ao borrão verde das folhas das árvores que ficam para trás, o azul a se desprender do laranja do sol para conceber uma luz rosada, feito a das flores das quaresmeiras de Guapi. Estão perto. Então lembra de telefonar para o filho.

— Paulo Henrique, estou chegando ao pronto-socorro em Guapi. Se avexe, não. A gente não é de ferro, mas já superou tanta coisa ruim.

Quando, enfim, Paulo Henrique é liberado do serviço e chega ao hospital, não consegue falar com a mãe, Celina já está internada. Um aparelho bota oxigênio para dentro dos pulmões enfraquecidos. Finalmente algo para respirar por ela. Sente-se muito cansada. Então, se recorda que não se despediu de Serginho.

"Que susto por causa de uma febre de criança, dona Helena. Isso é cansaço da Disney."

"Quase da família."

As frases martelam na cabeça.

Custa-lhe respirar, nem a máquina quer dar ajuda. Celina precisa resolver tudo sozinha. É sempre ela contra o mundo. Mas está em Guapi, e isso é o que importa. Logo, logo, Paulo Henrique chegará para buscá-la e, então, ela, o filho, os netos vão até a cachoeira. A água gelada sobre os pés. Mesmo com o corpo enfraquecido, Celina já não sente medo, e, por alguns instantes imprecisos se percebe descansada, é quando mergulha no frio torpor que envolve todo o seu corpo e a carrega para longe dali.

Imperatriz Furiosa

Dezenas de pessoas engravatadas, talvez centenas, passam feito nuvem de gafanhotos pela portaria do prédio num intervalo curto de tempo. Mas, à Melissa, só interessa uma, a pessoa que a substituirá ali, no hall da recepção.

O sol se põe emoldurado pela parede de vidro, lindo; não para ela. Incomoda a luz estourando no rosto. Ainda assim, à espera, ela enfrenta o clarão com os olhos contraídos. Até que, enfim, a silhueta de Jeane, na contraluz, atravessa a porta.

— Desculpa, Mel. A fila da loteria tava dando volta no quarteirão.

Melissa apenas se levanta e termina de colocar seus pertences na bolsa, ajeita a roupa e penteia os cabelos rapidamente.

— Se eu ganho R$100 milhões, deposito tudo na poupança, e continuo morando um ano no morro pra ninguém perceber. Não compro nada — prossegue Jeane.

Por alguns instantes, Melissa se detém e a encara de braços cruzados, com o salto alto martelando o mármore do piso.

— Quando ninguém desconfiar, eu compro um monte de barraquinhas de pipoca e espalho por cada praça do Rio de Janeiro. Ninguém enjoa de pipoca. Um império...

— Porra, Jeane! Tu sabe que eu tenho aula.

— Estressada, amiga?

— Você tá se fazendo de doida.

— Te amo, tá?

— Também te amo. Mas tô atrasada, cara.

Do balcão, Jeane assiste ao vulto da amiga disparar pela porta tão rápido quanto é possível em cima do salto alto.

A batida dos sapatos no chão ecoa pelos corredores vazios. Melissa anda apressada em frente a salas cheias de alunos de uma faculdade privada. Enquanto caminha ofegante, conversa ao celular.

— Arrumei o serviço contando que você iria ficar com ela no seu fim de semana — enfatiza "o seu fim de semana".

Ela escuta algo do outro lado da linha que a faz franzir a testa e revirar os olhos.

— Não, cara. Minha mãe também tem compromisso. Além do mais …

Desiste de argumentar e desliga o telefone, bem em frente à sua sala de aula. Respira fundo, como se pudesse recuperar o vigor consumido na ligação, e entra.

No topo do quadro, está estampado Cálculo 3. O professor interrompe a explicação de uma fórmula de equação e a acompanha com os olhos. Ela passa por todos até pousar no fundo da sala.

— Boa noite, Melissa. Na próxima, te dou falta.

— Fiquei pegada no trabalho de novo. Não vai mais acontecer — promete, sem convicção.

Melissa afunda o rosto nos braços, e o professor retoma a explicação, que ela não tem energia para assimilar.

É sábado. Dandara aponta o narizinho para o teto, fecha os olhos, enquanto Melissa passeia o pincel em seu rosto. Cara de uma, focinho da outra. Os olhos grandes e vívidos que até parecem acesos, aconchegados em sobrancelhas grossas. Até o cabelo black num penteado afro puff era igual. O quarto em que mãe e filha se maquiam (e dormem) é estreito, as paredes têm a tinta gasta, e os móveis são poucos, mas é arrumado e limpo.

— Eu gosto de verde, mãe. Por que você não usa maquiagem verde? — questiona Dandara.

— Nossa escola é Salgueiro, ué. Vermelho que nem coração.

Dandara ri, satisfeita.

— Sabia que sábado não é dia de trabalhar?

— O negócio, mocinha, é que a mensalidade da sua escola vence na segunda-feira. Mas eu posso trocar você de colégio. O que acha?

— Nem pensar.

Melissa se levanta e começa a sambar miudinho, apertada entre a cômoda e a cama.

— E o trabalho nem é tão ruim assim.

Ela puxa Dandara para si. A menina gargalha admirada e mostra que herdou o gingado.

— Posso ir também?

— Trabalho não é lugar de criança.

A menina franze o cenho e revira os olhos à feição de Melissa, que ri com a sensação de estar diante de um espelho. Espelhinho.

Dandara dispara pelas escadas como uma desesperada, arrastada pelo cheiro de tempero que inunda a casa, e gruda nos pés da avó. Mariana observa o borbulhar leve do molho de tomate com salsicha num panelão e, ao mesmo tempo, corta pães de cachorro-quente, organizando-os sobre a mesa. Melissa chega em seguida.

— Vó, posso pegar um? — pergunta Dandara, faminta.

— Pega e vai para sala ver TV, porque preciso conversar com a vovó — diz Melissa.

Dandara nem espera chegar à sala para traçar o lanche. Assim que começa o desenho japonês na TV, Melissa e Mariana podem iniciar a conversa.

— O Edson ficou todo murchinho quando desmarquei o forró com ele — comenta Mariana.

— Me desculpa mesmo. Era o fim de semana do Mateus com a Dandara.

Mariana ensaia um palavrão, mas se contém.

— Não é novidade, né? Esse Mateus. Mas, não se preocupa, Edson é maneiro, vai entender. Deus me livre perder um pretão cheiroso daqueles.

— Me poupe dos detalhes, mãe.

Mariana gargalha alto, porém Melissa assume uma expressão grave.

— Estou pensando em largar a faculdade.

A mãe tira uma colher de molho da panela e dá para Melissa provar e assentir com a cabeça.

— Não tô dando conta. É caro demais, chego tarde nas aulas e só me ferro nas provas.

Mariana desliga o fogo e se senta à mesa com uma expressão serena.

— A gente dá um jeito, minha filha.

Melissa levanta o rosto, como se quisesse equilibrar as lágrimas nos olhos.

— Com esse dinheiro eu poderia ajudar mais aqui em casa, uma reforma, sabe?

— Faz tua faculdade, faz teu trabalho. Se precisar, a gente se aperta mais um pouquinho. Sempre foi assim, não foi?

Mariana embrulha um cachorro-quente e entrega na mão de Melissa, que em vez de pegar o lanche, abraça a mãe. As duas ficam assim por alguns instantes. Se apertar mais do que já fazem é um caminho imprevisível, talvez nem seja viável. Mas que escolha Mariana tem?

Melissa desce uma rua de favela, com uma mochila nas costas. Na mão, uma sacola preta, que envolve uma grande fantasia cujas penas estão transbordando. Um conjunto de moletom lilás mal dá conta de aquecê-la da brisa de inverno. Na rua, algumas pessoas aproveitam os últimos vestígios de sol em conversas em biroscas, agasalhadas por incontáveis doses de pinga. Das casas, saem música de funk, samba ou louvor, que rivalizam e se misturam. Motos sobem e descem, gastando suas buzinas, numa sinfonia indecifrável.

No caminho, Dora, uma senhora de uns 60 e poucos anos, acena.

— E aê, Mel, tem ensaio hoje?

— Só semana que vem, gata. Hoje o show é no asfalto.

— Então, tá. Arrasa, rainha! Manda um beijo pra Mariana.

Melissa se despede e continua a descer até chegar à avenida principal e desembocar no ponto de ônibus. O sol já se foi completamente, sobra um bafo de luz azulada. Não há ninguém na rua além dela e um monte de entulho de uma obra inacabada.

Um carro se aproxima com o farol alto, encosta ao lado de Melissa e buzina. Ela acena e anda em direção ao veículo. Um homem gordo, de bochechas avermelhadas, numa caminhonete velha, tem os olhos grudados no corpo dela, um sorriso malicioso estampado no rosto. Melissa se assusta ao ver o estranho e se afasta arrependida por ter atendido ao chamado da buzina.

— Uma morena dessa a pé? — insiste o motorista.

Ela ignora e dá uns passos à frente. O carro a acompanha vagarosamente, o homem mirando, de cima a baixo, seu corpo coberto pelo moletom, mas de curvas aparentes. Melissa solta o saco preto no chão, acha uma pedra grande em meio ao entulho, caminha em direção ao carro e ameaça jogar. O motorista canta pneu e vai embora.

A espera continua, a brisa fria continua. Agora ela está com a sacola preta em uma mão e na outra, a pedra. Então mais um carro se aproxima e pisca os faróis. Ela aperta forte a pedra na mão, e aguarda até o último momento para largar o pedregulho na cabeça de alguém. Mas, ao olhar para o carro, se depara com Mauro e deixa a "arma" cair no chão.

Sobre o volante, as mãos de Mauro equilibram anéis grossos

e dourados, como o relógio no seu pulso e a corrente pendurada no pescoço, com uma medalha de São Jorge.

Ouvir a voz rouca do conhecido desperta dois sentimentos em Melissa: tranquilidade, por não estar mais sozinha, e raiva, por ter sido deixada por tempo demais naquele lugar deserto.

— Desculpa, Mel. Foi a maior enrolação para pegar os instrumentos. A rapaziada já se adiantou na van — justifica Mauro.

O olhar fixo na janela, no movimento da rua, ela não responde.

— Relaxa, mulher. Agora tá comigo. E se liga, dessa vez vão pagar melhor que no shopping.

— Eu tô precisando mesmo.

— E como tá a neguinha?

— Bem, ficou com a avó.

— Hum, então quer dizer que você tem vale night pra tomar um vinho mais tarde?

— Não. Nossa, já foi um sufoco pra minha mãe ficar com ela. Acabou a festa, é casa.

A entrada do condomínio é suntuosa. Uns quatro metros de muro e um portão bonito como palácios da Europa. Melissa e Mauro se apresentam na entrada, e um segurança pede para que aguardem ao lado, onde não podem atrapalhar os carrões que chegam com os moradores. Quando enfim são liberados, seguem por ruas arborizadas, num caminho ladeado por mansões de muros baixos, e jardins requintados.

A mansão da festa é maior que as outras do condomínio. Fica em um lugar alto de onde é possível ter uma bela vista das luzes da cidade. Ao chegar na propriedade, Mauro e Melissa percorrem um longo jardim enfeitado por lanternas de cristal, que termina em uma piscina oval onde boiam velas coloridas. Param o carro à direita, em um amplo estacionamento, que os integrantes da bateria fizeram de base.

Na beira da piscina, encontra-se o salão de festas, um deque ornamentado com as mesmas lanternas do jardim, muitas plantas e móveis de madeira rústica. A área fica na lateral da mansão, que pertence aos noivos, o lar que vivem há algum tempo.

Convidados se espalham pelos dois ambientes. As paredes externas da casa são de vidro. Desse modo, observar de fora o interior da mansão, repleta de pinturas penduradas, esculturas, lustres e móveis antigos, provoca no pessoal da bateria a impressão de estar diante de um museu ou mausoléu.

Uma carreata chega à propriedade, trazendo a festa consigo. As latas tilintando no chão anunciam a Mercedes clássica que carrega os noivos. Os dois – Rodolfo e Maria Julia –, cada qual em sua janela, acenam para os convidados como chefes de estado. Melissa e os ritmistas observam a cena com curiosidade.

— Dá pra comprar uns 10 barracos no morro com um carro desse — diz Mauro.

Os noivos são seguidos por outros carros igualmente caros, com homens e mulheres cantando e gritando, como se, enfim, pudessem extravasar o sentimento que silenciaram diante do padre na igreja mais cedo.

Melissa solta o afro puff diante do espelho do banheiro, e o ajeita com um pente garfo, de modo que seus cachos crescem em volume e beleza. A maquiagem vermelha, que iniciara em casa com Dandara, ganha o brilho de pedrinhas ao redor dos olhos, que dão à Melissa uma beleza sobrenatural. Por um instante, se pergunta o que a filha estaria fazendo naquela hora. Provavelmente, dormia.

Ao terminar a arrumação, ela deixa a cabeça da fantasia e a mochila na longa pia e entra em uma das cabines para terminar de se vestir.

Lúcia, uma convidada da festa, surge com a filha, Sofia, de uns cinco anos, no banheiro. A garota escapole do controle da mãe e enfia a mão no adereço.

— Sofia, deixa esse negócio aí na pia — diz Lúcia.

Imediatamente, Melissa desconfia e abre a porta do cubículo. Tarde demais, a criança corre porta afora vestindo a cabeça da fantasia. Lúcia persegue a filha desajeitadamente entre as mesas e os convidados. Todos acham graça, menos Melissa. A passista cruza os braços e reclama:

— Isso não é brincadeira. É fantasia de trabalho.

— Essa menina é incontrolável — Lúcia tenta justificar. — Sofia, devolve o negócio da moça, eu estou passando vergonha.

A menina continua a dança, divertida, até ouvir a voz grave do noivo, Rodolfo, o mesmo cara que acenava da Mercedes feito monarca.

— Sofia, acabou a brincadeira. Dá a fantasia pra moça.

O noivo veste calça e blazer cor de areia, demasiadamente ajustados em seu corpo esguio. Tem o queixo quadrado como se tivesse sido feito sob medida, o nariz fino, os olhos entre verde e azul, os cabelos entre castanho e loiro.

Sofia atende assustada e entrega o adereço à dona, que recebe e atira um olhar duro a Lúcia. Rodolfo, então, se aproxima de Melissa com um sorriso de canto, segura sua mão e beija.

— Desculpa os modos da minha sobrinha. Qual é mesmo o seu nome?

— Me chamo Melissa.

Disfarçadamente, ela tira sua mão da dele. Rodolfo encara fixamente os olhos da passista e fala com ar solícito:

— Prazer, Melissa. Você vai se apresentar para gente mais tarde, né? Pode ficar à vontade. Faz melhor, se troca aqui em casa, fica mais fácil com toda essa fantasia.

Antes que possa negar, Rodolfo a toma pela mão e conduz à casa principal. Os olhos dos convidados seguem-na como se fosse nativa de outro planeta, enquanto bebericam gin e fingem analisar as obras emolduradas na parede. Num instante, os pensamentos de Melissa levam-na de volta ao morro, e supõe que só um cômodo daquele lugar devia ser maior que os dois andares de sua casa.

Rodolfo chama a atenção dela para uma obra. Bem no centro da sala, fica uma pintura de Tarsila do Amaral. Segundo o noivo, era herança de seu avô para sua mãe e agora pertence a ele. Melissa ouve a explicação com desinteresse, só quer se arrumar o mais rápido possível.

Em um pequeno palco montado para a cerimônia, amigos e familiares homenageiam o casal com longos e elogiosos discursos. Maria Julia, a noiva, ouve tudo com um sorriso de aeromoça, como aquele que Melissa devia fazer no trabalho de recepcionista, mas não fazia.

Melissa, dos fundos do salão, fixa os olhos na mulher, no vestido de renda branca, como a cor de sua pele. Pensa que um dia sonhou em se casar assim com o pai de Dandara, mas hoje sente-se bem por só dever satisfações à mãe e filha. Ao lado de Maria Julia está Rodolfo, que assiste com atenção ao discurso de Daniel, um religioso amigo da família.

— O amor é paciente, o amor é bondoso. Não inveja, não se vangloria, não se orgulha. Não maltrata, não procura seus interesses, não se ira facilmente, não guarda rancor. O amor não se alegra com a injustiça, mas se alegra com a verdade. Tudo sofre, tudo crê, tudo espera, tudo suporta.

Daniel pausa sua fala por alguns instantes, adota uma expressão grave e atira um olhar comovido em direção aos noivos. Depois levanta uma taça. Os convidados e o casal acompanham o brinde.

Mauro entra no salão só, com seu cavaco em mãos, tocando um solo de brasileirinho. Em seguida, irrompem os sons do surdo, repiques, caixas, cuícas, chocalhos e tamborins. Os ritmistas marcham, como em um desfile de carnaval, entre os convidados, até pararem em frente ao pequeno palco. Mauro pega uma tulipa de cerveja com o garçom que passa perto, e com a outra mão recebe o microfone de Daniel.

— Sou o Maurinho Quatro Cordas e esta é a bateria do Salgueiro. Tô vendo que muitos de vocês nem comeram, mas já estão com a cachaça na mão.

Parte dos convidados sorri e levanta as taças. Ele prossegue:

— Não posso falar muito, porque também tô bebendo minha loira. Mas o que eu gosto mesmo é de mulata. Morô? Por isso eu chamo a nossa Mel, a Imperatriz Furiosa.

Um canhão de luz alcança Melissa ao fundo do salão. A passista se aproxima com passos de gata até a bateria, e começa a sambar com desenvoltura. Aumenta a velocidade dos passos gradativamente, com fúria naqueles pés, naquela cintura, e os convidados assistem à evolução impressionados. Melissa retribui com um sorriso intenso, o rosto se ilumina, e ela parece entrar em transe.

Toda vez que dança é como se abrisse um portal para um mundo só seu. Por alguns momentos, não há mais ninguém no salão, apenas ela sambando sob o clarão vermelho. O som da bateria vai silenciando aos poucos, até sobrarem apenas sussurros da cuíca.

As passadas de Melissa se tornam mais suaves, as mãos fazendo desenhos invisíveis no ar. De repente, ela tem a ilusão de Dandara saindo da escuridão e se aproximando para dançar com ela. Depois chega Mariana. As três sambam juntas. E, nesse momento, Melissa é feliz.

Inesperadamente, Jordana, uma senhora de 70 anos, aperta o bumbum de Melissa, e quebra bruscamente o momento de catarse. A passista se vira com raiva e se assusta ao descobrir a pequena algoz com um sorriso maroto.

— Só queria ver se era durinha como parece. Já fui assim um dia, toda empezinha — diz Jordana

Melissa fica constrangida, mas se esforça por um sorriso protocolar no rosto.

— A senhora está tão bem que, se eu a vir entrar no metrô lotado, e eu estiver sentada, não vou dar lugar, não.

— Você é de verdade, minha filha. Uma das poucas coisas legítimas nessa festa.

As duas se cumprimentam, e Jordana volta ao seu grupo na festa.

Os noivos dançam no meio da bateria, que àquela altura passeia por outros ritmos – samba rock, MPB, forró, até finalmente chegar aos clássicos do axé. Crianças, esquecidas, correm pelo salão, por baixo das mesas; outras dormem, aguardando os pais que, embriagados, cantam "Eva (o nosso amor na última astronave)", na pista de dança, abraçados a desconhecidos.

Mauro, então, apita e a bateria para, o que provoca vaias dos mais animados. Imediatamente DJ Biano emenda com um funk em seu notebook. Uns gatos pingados insistem em dançar, enquanto o salão se esvazia aos poucos.

Exaustos, os ritmistas entulham os instrumentos na van, e Melissa vai até o banheiro se trocar. Mas, agora, há fila. Ao ver a situação, Raquel, uma copeira do buffet, leva a passista até o pequeno banheiro que serve ao pessoal da cozinha. Quem entra é a Imperatriz Furiosa, mas sai Melissa, de moletom e tênis, sem maquiagem forte, apenas com teimosas poeiras de purpurina que insistiam em não sair do corpo.

Melissa agradece à Raquel, deixa a cozinha e caminha em direção ao estacionamento. Até que puxam seu braço forte. É o noivo.

— E aí, Mel. Mel, Mel — devaneia, com um sorriso exagerado.

Melissa, com uma expressão de dor, leva a mão ao braço que Rodolfo apertou.

— Perdão, não quis machucar. Queria só um beijo.

Ela dá de ombros e sai.

— Pode ser outro dia. Quanto você cobra?

Melissa ignora, e Rodolfo puxa seu braço novamente e tenta beijá-la. Ela retribui com um soco em seu rosto.

Os poucos remanescentes da festa, funcionários e familiares, escutam a confusão e se aproximam. Maria Julia chega exasperada e acode o marido, que se estende no chão, com a mão no rosto, em uma atuação mal encenada.

— Essa mulher tentou me extorquir. Me cobrou dinheiro, pô.

Maria Julia nem pensa, só parte para cima da passista e a pega pelos cabelos. Com uma rasteira, Melissa se desvencilha, cai por cima da noiva e começa a lhe dar tapas. Os convidados assistem, alguns sacam os celulares para registrar, até que os funcionários do buffet se metem entre elas e as separam. Raquel ajuda Melissa a se levantar.

— Tira essa piranha daqui, senão eu vou mandar a polícia levar! Puta! E não vai receber um centavo do meu dinheiro! — a noiva grita.

Ofegante, com o rosto desfigurado de raiva, Melissa sente as lágrimas caírem dos olhos. Em pensamento, maldiz a própria sorte e todas aquelas pessoas. Não quer o marido da outra, não quer aplausos. Só deixou a filha em casa porque precisa trabalhar.

Os ritmistas e Mauro chegam. Melissa direciona um olhar desafiador para Maria Julia.

— Ah, não vai pagar, não?

— Alguém tira essa piranha daqui!

— Então, tá, não precisa pagar o meu não.

Diante de todos perpelexos, Melissa caminha até a mansão e retira da parede o quadro de Tarsila do Amaral, do qual Rodolfo se gabara momentos antes, e o atira na piscina. Todos assistem boquiabertos, enquanto a passista encara seus rostos convicta. O noivo, desesperado, pula na água para tentar salvar a pintura.

— O meu pagamento tá quite. E minha equipe, vocês não vão pagar também não?

Melissa se dirige outra vez à casa. Maria Julia grita, mas ninguém tem coragem de intervir. Até que a passista volta e, dessa vez, com uma escultura de gesso a caminho da piscina.

— Não! Para, para. Por favor! A gente vai te pagar — suplica Rodolfo.

Jordana assiste a tudo gargalhando ao lado dos rapazes da bateria.

— A Mel tá arrumando um jeito de sair todo mundo daqui preso — alerta Mauro.

— Fica tranquilo — diz a senhora —, aquela Tarsila era do meu pai, tão verdadeira quanto o casamento deles. Se chamarem a polícia, correm risco de serem levados por falsificação.

E continua a gargalhada estridente. Até que Lúcia se aproxima e a puxa pelas mãos.

— Que situação, mãe? E a senhora acha graça? — repreende Lúcia.

Enquanto é arrastada pela filha, Jordana manda um tchauzinho em direção aos rapazes da bateria e junta a palma das mãos num gesto de agradecimento para Melissa, que custa a acreditar que tudo aquilo está acontecendo com ela.

Um roxo e um inchaço ganham tamanho no rosto de Rodolfo. Ele some por alguns instantes dentro da mansão, deixando um rastro de água, e retorna com um envelope branco, que entrega na mão de Mauro. O músico tira umas notas de dentro, conta à vista de todos e devolve ao envelope, guardando-o dentro de uma pochete.

— Muito obrigado, família. Tudo de bom aí no casamento de vocês, tá ligado? Qualquer reclamação, podem me chamar no morro, tamo sempre lá. Abraço, família — desafia Mauro, antes de saírem.

O carro chega ao pé do morro. A noite é ainda mais fria e deserta. Antes de Melissa sair, Mauro entrega umas notas em suas mãos. Ela começa a contá-las.

— Tem dinheiro demais aqui.

— Tranquilo, considera como um adicional de insalubridade.

Mauro aguarda a passista ganhar a ladeira em segurança e então desaparece no breu da avenida.

Quando finalmente chega em casa, naquela noite em que precisou se desdobrar, Melissa entra na cozinha, tira parte do dinheiro e coloca na mesa da mãe, embaixo do pote de açúcar. Elas por elas.

Caminha suavemente na penumbra do quarto; uma luz tênue e amarelada entra pela janela. Na cama Dandara e Mariana dormem profundamente. Melissa se aproxima da filha e beija seu rosto, depois, com cuidado, passa a mão na cabeça da mãe. Em seguida, se deita ao lado da pequena. Dormem as três encolhidas na cama apertada. FIM.

Jogador Caro

Binão parece uma garça. Pense na ave caminhando, alta, com seu pescoço comprido, esticando patas como compasso, uma após a outra. Mas essa não é uma garça comum. Tire toda a elegância, toda a altivez, lhe dê pernas arcadas, peito encolhido, ombro curvado, e sobrará Binão caminhando pelos corredores de um shopping de grifes na Barra da Tijuca, ao encontro de seu agente, prestes a ouvir uma das piores notícias de sua carreira de jogador de futebol.

Fabián, o empresário, está sentado em uma mesa nos fundos do restaurante japonês ao telefone, e observa Binão se aproximar pela parede de vidro. Do outro lado da linha, está Bráulio Paulucci, diretor do Flamengo. Binão é interrompido por uma menina de uns 10 anos na porta do estabelecimento, o que dá uma sobrevida à ligação do agente. A mãe da garota saca um celular, e o jogador posa para a foto. Mas a pequena o pega pela mão, estica os braços como se fossem asas e começa a fazer uma dança estranha, levantando um joelho de cada vez, como se marchasse parada no lugar. Fabián, ao ver a cena, faz sinal de negativo. Porém, não tem jeito, Binão acompanha a menina nos passos exóticos. Rapidamente um alvoroço se cria no shopping, dezenas de câmeras de celulares apontadas para o sorriso com a boca aberta demais, a dança desengonçada – uma espontaneidade que provoca risos, mas lhe dá um ar simpático.

Os vídeos feitos pelo povo já circulam na internet quando o rapaz se senta à mesa do empresário, que encerra a conversa no celular.

— Cara, como você quer que te levem a sério com essa dancinha? — reclama Fabián.

— Tu acredita que só ontem eu ganhei dez mil seguidores no TikTok?

— Eles vão pagar seu salário?

— Ia dizer não para a garotinha que pediu o vídeo?

— Eu falei com o diretor do Flamengo.

— Será que vendem hot Filadélfia aqui? Não gosto de peixe cru.

— Tentei dar uma forcinha para você entrar nos próximos jogos, nem que seja no finalzinho.

— Acho melhor Yakisoba. De camarão. Deve ter.

— Mas não deu certo, e eles vão te emprestar para a Ucrânia.

Por um momento, Binão esquece que não gosta de peixe cru, ignora a fome de Yakisoba de camarão. As palavras do agente soam irreais como um sonho. Na verdade pesadelo, porque machucam. Ele afunda o rosto entre os cotovelos apoiados na mesa, mas sente seus pés suspensos num abismo.

— E meu pai? — A voz do rapaz embarga. — Ele já sabe?

— Não, acabei de receber a notícia.

Fabián, de repente, grita para um garçom que passa distraído:

— Você pode trazer um Yakisoba de camarão, por favor? Não, traz dois. E duas Cocas.

— O técnico Mariano não bota o pé no treino de reservas. Na área eu sou o cara, se a bola chega pelo alto, é gol de cabeça, ninguém pula mais alto que eu, pô. — Binão ainda não consegue levantar o rosto. — Mas se o Mariano não vê, como eu vou jogar?

— Eu argumentei isso pro diretor. Ele concordou. Mas o próximo jogo é final, não dá pra fazer teste, foi o que disse.

— Ucrânia não dá. Sei nem onde fica.

— O bom é que você vai chegar lá no verão, não tem neve.

— Não tem desenrolo pra ficar?

— Depois dos primeiros meses, você recebe o visto permanente e pode levar seus pais. É uma oportunidade para aprender inglês. Nem sei se falam inglês lá, na verdade.

— Como fala "caralho, puta que pariu" em inglês?

O garçom traz as duas Cocas. Binão esvazia o copo numa golada que estremece todo seu corpo.

O cheiro de maconha se confunde com o odor de sovaco vencido e ar-condicionado poeirento na pequena barbearia. A parede está repleta de pichações feitas a caneta por clientes entediados, que dividem o espaço com fotos da família do barbeiro. Em um dos retratos, está Binão, uns 9, 10 anos antes. O rosto era de criança, mas o corpo já exibia contornos de ave comprida. Ele vestia o uniforme amarelo e vermelho do time Nacional, que de nacional não tinha nada, pois nem sequer saía dos campeonatozinhos do Morro da Gaivota, em Duque de Caxias. A foto foi tirada depois de um jogo em que Binão marcara os dois gols da vitória sobre um núcleo do Flamengo da Baixada Fluminense. Fora tão bem que o técnico adversário convenceu (sem muito esforço) Alfredo a levar seu filho para a escolinha do time de coração.

Com uma navalha, DG ajeita os últimos detalhes no bigode do cara na cadeira, depois pega um pequeno espelho e o posiciona na altura da nuca do cliente. Este se observa no grande espelho com um olhar indecifrável, como se avaliasse uma obra de arte em um museu. Mas, em seguida, acena positivamente com o rosto. O barbeiro, então, limpa os vestígios de cabelo que sobram em seu pescoço, joga um pouco de talco, depois remove a capa e dá mais uma espanada na camiseta. Antes de o cara deixar o assento, DG retira, de um pequeno compartimento no alto do espelho, uma Glock, com um pente estendido, e entrega ao cliente. É pistola, porém cospe bala feito metralhadora. O homem levanta da cadeira e reacende o baseado ali mesmo. Binão assiste à cena enquanto aguarda a sua vez de cortar os cabelos.

— Filé, na próxima vez que vier de peça, não vai cortar. E mais, quer fumar? Vai fumar na rua.

— Para de caô, DG.

— Caô é se os cana brotar e pegar essa parada aqui. Visão, se não derem tiro na gente, vai geral preso, ainda levam o Binão de bucha. Vai aparecer na capa do *Meia Hora*: "Atacante do Flamengo preso por porte de arma".

— Binão é cria, pô. Tá acostumado com o ritmo.

Todos riem. Por alguns instantes, Binão consegue imaginar a cena: ele algemado, entrando dentro do camburão até uma delegacia. Era uma situação que o jogador desenhara inúmeras vezes em sua cabeça desde a adolescência. Não que tivesse feito algo que pudesse colocá-lo no faro da polícia, mas vira tantas vezes isso acontecer com amigos e conhecidos no Morro da Gaivota – às vezes justamente, outras não – que sentia que poderia ocorrer consigo também.

Filé guarda a pistola na cintura da bermuda e ajeita a camiseta por cima dela, despedindo-se do barbeiro e do jogador com apertos de mão firmes. Antes de partir, faz o passinho de Binão, com os braços esticados para os lados, a marcha alta, saltitando, com o volume na cintura e a maconha na mão. O jogador sorri distante e, enfim, se senta na cadeira do barbeiro.

— Não se faz mais bandido como antes — diz DG enquanto gesticula negativamente. — Mano, não te falei para não vir mais sexta-feira? É dia de baile, o negócio fica salgado aqui.

— Por que você não proíbe?

— Quem tem a arma na mão é ele.

— E pensar que o Filé era o maior nerd da escola... — comenta Binão.

— Esquece o Filé. E você, vai jogar na final de amanhã?

— Vou para a Ucrânia.

— Para de marola, moleque.

— Bagulho é só neve.

— Menor, se tu ficar de gracinha, vou cortar o moicano invertido. Sabe o que é moicano invertido? Vou raspar a parte de cima e deixar cabelo só na lateral.

— É sério, pô. Tô boladão também.

— Tu tá falando sério? Como tu fala uma porra dessa assim?

— Eu tô falando sério — responde o jogador.

DG encara Binão por alguns instantes, uma expressão séria, muito pensativo, antes de soltar:

— Lá tem umas loiras, né?

— Tem, embaixo de cinco quilos de casaco.

— Mas que porra foi essa?

— Mano, eu tô treinando bem, eu juro. Mas o Mariano não vê. Acaba o treino dos titulares, ele vai jogar futevôlei na praia da Barra.

— Mas ninguém reclama com ele? Aquele coroa lá... o diretor. Tal de Bráulio Paulucci.

— Não tá nem aí.

— Aí é foda. Pensei numa parada aqui. Tá ligado o Tico Tico, o pichador? Ele tá me devendo uns três cortes. Posso falar com ele pra pichar lá na Gávea. "Técnico burro", "Fora Mariano", "Binão é seleção" — sugere DG.

— Tá doido? Aí vão saber que fui eu. Esquece, já tô cheio de problema.

— Seu pai já sabe?

— Vai ser a maior vergonha. O coroa enche a boca para falar que é pai de atleta do Flamengo. Tá bom ... jogador do Flamengo que não joga ...

— Tu entrou no Campeonato Carioca.

— Um jogo, pô. Reserva do reserva.

DG desliga o zum-zum-zum da máquina, e mira Binão por alguns instantes.

— Moleque, tu é rei aqui na favela, no Flamengo ou não. É alegria pras crianças. Tu é mais conhecido que os bandido. Tu tem noção do que é isso? Tu honra esse lugar, pega essa visão. Seja aqui, seja no polo norte.

Binão ouve as palavras enquanto encara DG pelo espelho.

Seus olhos umedecem. Ele tenta falar algo, mas precisa tomar ar antes. Respira fundo e se recompõe:

— Então, tá suave se eu não pagar o corte?

— Só se for o moicano invertido.

Os dois riem bastante. Porém, Binão continua a se encarar no espelho, dessa vez sem piadas para disfarçar a desolação de ver seu sonho se desfazer em flocos de neve ucranianos.

O Maracanã está lotado, as torcidas do Vasco e do Flamengo se acotovelam em suas metades da arquibancada fazendo uma incrível rinha de cânticos. Quem está lá tem a sensação de poder tocar aquele misto de tensão e empolgação que paira no ar, invade os vestiários e embrulha o estômago dos jogadores. É final e o vitorioso leva a taça da Liga do Brasil.

Os jogadores entram no campo e são ovacionados por sua torcida e vaiados pela rival. E então se aquecem no gramado, fazendo exercícios com a bola. Binão troca passes com Rodrigo, que além de atacante titular, é um dos veteranos do time. Rodrigo está longe de ter o mesmo vigor físico dos 20 e poucos, mas, aos 35, compensa a falta de velocidade com uma inteligência capaz de antever as jogadas. Também mantém um aproveitamento alto nos chutes, é o homem que mais faz gols na equipe. Essas características lhe dão espontaneamente um papel de líder em campo, muitas vezes maior do que o do treinador.

Termina o aquecimento, e os jogadores voltam para o vestiário. Está chegando a hora da partida e precisam vestir o uniforme do jogo, ouvir as últimas palavras do técnico, e pedir, na oração, que Deus – o deles e dos adversários – os ajude a vencer. Na arquibancada, o pai de Binão, Alfredo, acena calorosamente com uma das mãos, enquanto a outra gruda o rádio de pilha em seu ouvido. Dele, Binão puxou o sorriso que atrai. Quem via os disputados torneios do campinho do morro lá pelos anos 1980 diz que Binão também herdou do pai a habilidade com a perna esquerda, e que Alfredo poderia ter sido profissional se não fosse a silhueta roliça, que o acompanha desde criança até hoje. Por tudo isso, Alfredo trata a carreira do seu filho como se fosse a sua própria. Binão sente a responsabilidade pesar.

— É o teu dia, Bruno, é o teu dia! — o velho grita.

Meu dia de ir pra Ucrânia, é o que Binão gostaria de dizer enquanto desce os degraus para o vestiário, mas apenas sorri amarelo e acena de volta.

O jogo começa, e Binão está encolhido no banco, junto dos outros reservas. No gramado, toda a rivalidade histórica, impulsionada pelo grito das arquibancadas e cobranças dos dirigentes, se reflete na distribuição de pancadas e pontapés em campo. Até ali o jogo físico se sobrepõe a qualquer característica técnica. Os jogadores se equilibram na linha tênue entre o esporte e a violência. Nos bastidores do campo, quase todos vibram a cada jogada, como se também fizessem parte da torcida nas arquibancadas, menos Binão e Mariano. O primeiro só pensa na Ucrânia, enquanto o técnico está preocupado em não se atrasar para o jantar com uma atriz de televisão que fizera sucesso nos anos 90 e de quem ele era fã.

Termina o primeiro tempo, e o Flamengo vence por 1 a 0. Um gol marcado com dificuldade, entre os trancos e barrancos, de Rodrigo. Gol importantíssimo porque o empate daria o título ao

Vasco, que fez melhor campanha na primeira fase da competição. Bandeiras vermelhas e pretas tremulam confiantes pela arquibancada, enquanto o outro lado silencia. Os times voltam para o segundo tempo, e na subida para o campo, Binão escuta o técnico vascaíno dar uma ordem clara ao zagueiro Júlio Guerreiro, uma tora de um metro e noventa, inderrubável e de habilidade limitada:

— É pra tirar o Rodrigo do jogo.

Binão vai direto até o técnico do Flamengo e conta o que ouvira com muita preocupação. Mas se frustra mais uma vez quando Mariano diz que Rodrigo não é menino e sabe se cuidar. De certa forma, isso é verdade, o experiente jogador tem incontáveis clássicos tão ou mais violentos que aquele no currículo. Ainda assim, Binão não se contenta e procura chamar o companheiro, contudo, Rodrigo já está no centro do campo para recomeçar o jogo. Com ou sem a bola, o atacante vê Guerreiro chegar como um trator sobre ele com chutinhos no tornozelo, joelhadas na coxa, pisões nos dedinhos dos pés. Agressões que não são suficientes para machucar sério, mas que minam a capacidade física de Rodrigo ao longo do jogo e, consequentemente, seguram o motor do time. Binão, inconformado, reclama do lado de fora, preocupado com o destino da partida.

Sua indignação contagia os torcedores, os quais passam a gritar coisas inomináveis sobre a mãe do juiz, que continua indiferente à covardia. O golpe final chega em uma jogada aérea. A bola vem das alturas, e Rodrigo pula para cabecear. O flamenguista acerta a bola, mas é atingido com uma ombrada de Guerreiro por baixo que o desloca no ar. Rodrigo cai de mal jeito, com a coluna no chão. Um baque seco. Por alguns instantes, um silêncio toma o campo e as arquibancadas, mas logo depois, é rompido por uma briga generalizada entre os jogadores, ao mesmo tempo em que os médicos atendem Rodrigo no chão. É necessário a polícia intervir para acabar com a rinha. Ainda no campo, os médicos acenam negativamente para Mariano. Não haverá mais jogo para Rodrigo, que se contorce de dor ao ser carregado em uma maca.

Binão não acredita quando o técnico o chama para jogar. Talvez, por peso na consciência, Mariano resolve dar uma chance a Binão, mas, na hora, o atacante não pensa em nada além de que aquela pode ser a chance de sua vida. Levanta-se empolgado, faz exercícios de aquecimento e se aproxima da linha lateral do campo, onde recebe orientações do técnico. Alfredo percebe que seu filho vai entrar e urra de felicidade, comemora com se fosse um gol, indiferente ao comentarista que critica, na rádio, a escolha pelo jovem atacante.

Binão pisa no campo com o diabo no corpo. Aplica dribles humilhantes, deixa zagueiros estendidos no chão, dá passes certeiros e ainda chuta uma bola na trave. A torcida se incendeia na brasa de Binão. Até que, em uma jogada imprudente, o goleiro do Flamengo, Valmir, derruba o atacante Enzo Matheus, do Vasco, na área e recebe cartão vermelho. Dessa vez, o árbitro não titubeia para punir. O Flamengo já fez todas as substituições possíveis, de modo que o técnico não pode colocar simplesmente o goleiro reserva em campo. Restam os homens que estão na linha; entre eles, nenhum com experiência em defender com as mãos. Inexplicavelmente, o treinador decide pôr Binão. Era o mais alto entre os jogadores de linha, esse foi o critério simplista que Mariano explicaria aos jornalistas, após o jogo, na entrevista coletiva. Binão veste a roupa de goleiro frustrado, porque vinha fazendo sua melhor partida na vida, a chance de fugir da Ucrânia já era.

Ou não. E se pegasse aquele pênalti e evitasse o empate... Uma nova chance. O próprio Enzo Matheus vai para a cobrança. Ele se posiciona bem distante da bola, como quem vai bater firme, e enquanto corre, evita o olhar de Binão. E então lança uma pancada no canto. Incrivelmente, Binão salta na bola, como uma garça, seus dedos encostam nela, desviam, mas não o suficiente para evitar o empate. Faltam apenas cinco minutos para o jogo acabar. Em campo, o Flamengo sente que se esvai qualquer força para reagir. A arquibancada rubro-negra canta sem convicção, enquanto os vascaínos já comemoram o título. Último minuto da partida, e o Flamengo tem uma cobrança de escanteio a seu favor. Todo o time vai para a área do Vasco a fim de tentar o gol. Binão está apreensivo, inconformado por tanto azar. Até que escuta um grito insistente vindo do banco de reservas. De longe, ele vê. É Rodrigo, que salta com uma só perna, a outra está enfaixada.

— Vai para área também, caralho! — encoraja.

Binão é tomado por um sentimento que não conhece. Não sabe se fé ou loucura. Ele apenas corre e corre até a área do Vasco. Sente-se carregado pelas vozes sem rosto e nome que se acendem na arquibancada, um último suspiro de esperança em forma de canto. Na área, Binão é o cara, diz para si mesmo. Chega ofegante, e então a bola cruza o campo e vai em sua direção, flutua perfeita, como se sorrisse. E se aproxima. Como se voasse, Binão tira os pés do chão, o peito inflado, e então faz o movimento de cabeceio para acertar um balaço no gol do Vasco. Ao mesmo tempo, de súbito, sente o cotovelo de Júlio Guerreiro se afundar na boca do seu estômago, e mais nada. Desmaia na hora. Teto preto. Perda total.

Binão não viu a bola entrar e estufar as redes, não presenciou Rodrigo levantar o troféu de campeão da Liga do Brasil, não assistiu à torcida dançar feito garça na arquibancada, nem seu pai dar entrevista todo pimpão para o *Sportv,* dizendo que fora ele quem o ensinou a saltar. Só no dia seguinte, na cama do hospital, soube que o Bráulio tinha cancelado sua venda para a Ucrânia e que renovaria seu contrato por mais 4 anos com o Flamengo. Decisão tomada momentos depois de a Rússia começar a guerra contra a Ucrânia e acabar com o futebol no país por tempo indeterminado.

Teoria da Relatividade

No dia em que Biliu apareceu, tive um sonho estranhão. Quando a gente acorda, só se lembra de algumas partes. O pedaço que guardei foi a minha chegada ao céu. Eu era bandido, e no sonho não me esqueci disso. Na porta, Dudu e Darlã me aguardavam sorridentes. Caminhamos descalços por ruas de grama fofa e aparada, como as do Maracanã. A luz era alaranjada e frágil feito o pôr do sol ou o amanhecer. Vi crianças brincando com leões, tipo a revista dos Testemunhas de Jeová. Era só erguer as mãos ao pé das árvores, e as frutas deslizavam dos galhos, obedientes, até mim. Ninguém sentia fome, e por isso todos pareciam felizes. Faltava conhecer meu pai, e Dudu disse que ele estava além das casas de pedra, depois do rio. Senti angústia e despertei. Em vida, não era supersticioso. Mas tenho certeza de que aquele sonho foi um aviso.

Como traficante, vendi drogas e usei também. Como traficante, não fiz judaria, só que quando a bala come, se eu não derrubar os canas ou os alemão, quem cai sou eu. Óbvio, gostaria de ter nascido longe do morro, ser playboy. Nem queria ser filho de pai rico, somente ter um pai. Mas, sem hipocrisia, como não tive nada disso, o crime foi a vida que escolhi e a que me acolheu. Venho pensando muito sobre essa parada.

Por isso, naquela noite, quando estava sozinho na base ouvindo MC Andinho, e o menor Biliu saiu de dentro de um buraco negro, falando que vinha do futuro, eu já tinha essas ideias na ponta da língua, morô? Não vou dizer que acreditei no homem do futuro, mas que o redemoinho de onde ele brotou era estranho, era. De cara, amarrei em nome de Jesus. Só podia ser coisa do Cão. Apontei a glockada para cima. Mas depois enxerguei Biliu saindo do breu, com um capacete de astronauta. Se vocês conhecessem, entenderiam por que não larguei o aço: o menor é tão bom, que Deus não permitiria o Diabo usar a imagem dele para coisa ruim, não, tá ligado?

Ele não sabia por que tinha voltado em corpo de menino da nossa idade. Em 2023, de onde ele dizia vir, já contava uns 40 anos. CDF da escola Maceió, ganhou bolsa na faculdade gringa. Virou estagiário e, depois, ajudante de um cientista maluco, Ron Mallett — o coroa que inventou a máquina do tempo. Usava um bagulho de urânio, que era tipo gasolina nuclear, daquelas que se você errar na dose, explode tudo. Ouvi aquilo, aquelas doideiras e fiquei feliz por só ter fumado maconha, mermão. Imagina se fosse droga pesada.

Biliu estava de volta só para me salvar, se envolveu com as tecnologias malucas, urânio radioativo porque não queria ver meu filho crescer sem pai. Havia esperança para mim, poderia me dar bem como ele, insistia. Mas Biliu era diferente, pai porteiro, cresceu na pista. Perguntei por que não voltou uns quinhentos anos antes para salvar os pretos da escravidão ou os índios das pneumonias. Ou até mesmo para contar a Jesus que Judas era o x9 do bonde. Mas a máquina ainda passava por teste, explicou, trinta anos era o máximo que podia voltar. Pediu para ser cobaia.

A gente era tipo irmão de sangue, e a notícia da minha morte foi um trauma. Quase desistiu de tudo, queria vingar minha morte. Mas, entendeu com o tempo que vingança era viver. Então, ao longo da vida, se juntou aos movimentos sociais, se engajou em todo tipo de luta. Mas, voltar no tempo seria o início de uma revolução. Quantas mortes não poderia evitar?

Curioso alguém se esforçar tanto para salvar minha vida, quando eu mesmo nunca tive medo da morte. Na verdade, costumava imaginar a cena. Não com gosto, claro. Tinha quinze anos, mas na vida do crime, a gente tem consciência de que ela se apressa. Antes de morrer de fato, já tinha falecido várias vezes em pensamento, umas nas mãos dos polícia covarde; outras, dos alemão. Mas nunca no vacilo. Será que os amigo vão fazer uma camisa com a minha foto?

Dizem que a gente entra no crime por ambição. É tudo, menos ambição. Como ter ambição com um prazo de validade tão curto, e a corda roçando o pescoço? No fim, sempre me senti um pouco covarde. Com medo do mundo lá fora. Como se estivesse impregnado em minha mente que meu destino era o crime, assim como o meu pai, e querer mais do que ele oferecia podia ser demais. Ouvi falar que o presente é nossa melhor fase, mas a sensação que nós tínhamos é que seria a única.

Biliu precisava voltar ao futuro, o dele. Ele insistia, quase implorava, para eu não participar da invasão do Morro do Balão. Mas se sentiu desanimado com as coisas que falei. Comigo, o papo é reto, e ainda não estava acreditando nessa conversa de máquina do tempo. Só que antes de ele ir, eu quis saber quem ganhou a Libertadores de 1998. Vasco, graças a Deus. Luizão e Donizete, mais certeiros que tiro de meiota. Ele riu, entrou no buraco e foi embora.

Quando acordei no dia seguinte, matutei um tempo, pensei na minha novinha e no meu filho. Passei o maior tempo com eles, mas os amigos precisavam de mim no bonde. A disposição de cada um é a segurança de geral. Foi assim que morri. Entramos no morro dos alemão. Era emboscada.

Dudu e Darlã surgiram de trás das nuvens, me chamando. Dessa vez, era real. Só conseguia lembrar da minha novinha e do meu pequeno. Se ela tiver obedecido e apostado o dinheiro todo que deixei no Vasco, e nos gols do Donizete e do Luizão, quem sabe não leva a grana e arranja um futuro melhor para o meu filho?

Como nascem as estrelas

Era o último dia de aula daquele ano. A professora de Giovana despedia-se das crianças mais cedo; a de Romário, só depois. A menina se sentava no banco do pátio, até o irmão surgir do prédio ao fundo, correndo feito um maluco desembestado, falaria a mãe deles, que não disse porque não podia estar ali. Àquela hora, pilotava uma máquina de costura em alguma confecção dos arredores da Praça da Bandeira.

A saída da escola era a melhor hora do dia. Não é que não gostassem de estudar, mas, diferentemente da ida, quando estavam sob o olhar da mãe, o retorno se tornava percurso de aventuranças, eles por eles. Uma jornada inspirada nas linhas de *O Pequeno Príncipe*, um feitiço que a mãe jogava, ao ler, para encantar e ninar as crianças toda noite antes de dormirem.

Caminhavam juntos pela pista até a grande escadaria do morro do Berê. Davam de cara com cada tipo. E brincavam de atribuir-lhes feições de personagens. Havia sempre um bêbado ao meio-dia, e vendedores não faltavam na grande rua do comércio. Até chegarem pertinho de casa, onde reinava sozinha uma antiga amendoeira, a qual deram o apelido de baobá.

Bem em frente, uma senhorinha passava as tardes atrás do

balcão de um pequeno armazém. Seus olhinhos eram sagazes e inteligentes atrás dos óculos que se equilibravam no nariz pontudo, como de uma Raposa. A menina e o menino olhavam interessados, achavam-na misteriosa.

Neste caminho para a casa, Giovana imaginava-se Rosa; Romário, príncipe de viajações interplanetárias, falador das línguas de reis, aviadores e raposas. Às vezes, brigavam, pois ela também queria ser princesa de viajações interplanetárias, faladora das línguas de reis, aviadores, raposas. O menino tinha nove anos; a irmã, cinco.

Mal botaram o pé em casa e um corre-corre na rua lhes fisgou a atenção. Não era pega-pega, pois ninguém estava alegre, nem mesmo o fuzil G3, que soltava gargalhadas bem perto da intransponível fronteira de alumínio do portão da frente. Romário sentiu impulsos de lágrimas, mas Giovana foi ligeira e lhe tomou a vez. Só ao anoitecer, tiros e lágrimas cessaram.

Na ausência da mãe, Romário achava-se o homem da casa. Mas, no fundo, queria que ela estivesse ali para protegê-los. Queriam. Passado o susto, o menino envergonhou-se do medo que sentira e decidiu agir feito adulto, de modo que chamou a irmã até a cozinha a fim de lhe explicar:

— Sabe o que foi aquela barulhada, piveta?

— Guerra. Mamãe fala que é guerra.

— Hã, que guerra coisa nenhuma ... são estrelas nascendo.

Romário tirou do armário de chão uma panela de laterais onduladas de tanto usar, sobre a qual a tampa não se arrumava de tão torta. O menino mergulhou grãos de milho no óleo e despertou o fogo. A pipocaiada começou a estourar. Ao terminar, abriu a panela com o pano de prato, driblou as quenturas e catou uma pipoca.

— Assim que as estrelas nascem, fazem igualzinho aos caroços de milho, que explodem pra viver.

— Estrela é milho?

— Não, sua boba. Estrela é de metal. É de ouro estourado.

— Vou para a rua ver então!

— Não, piveta! Ninguém pode ver o estouro, senão a estrela não nasce e morre. Tu quer matar estrela?

— Não, não quero.

Embora fosse mais nova, Giovana era espertinha e desconfiou do irmão. As estrelas eram muito grandes para nascerem naquele beco. Afinal, como um astro conseguiria atravessar aquela teia de fios de energia, internet, telefone, gatonet, trançados que quase inibiam a luz do sol? Decerto ficariam agarradas ali.

Romário decidiu que a prova definitiva seria dada no dia do Ano-Novo. Na véspera, mãe, tios e tias, avó conversavam na sala. Dos seus sorrisos, ventava a esperança de novos dias, enquanto o adocicado sabor Sidra Cereser de maçã amaciava-lhes a garganta e os problemas de todo aquele ano, que partiria, deixando-lhes a sensação, mesmo que ilusória, de dever cumprido.

Distraídos pelo torpor da conversação, nem se atentaram para a fuga dos meninos. Romário tinha um plano para convencer a irmã de sua teoria do nascimento das estrelas. Escalaram degraus até a laje silenciosa. Logo, logo viria o ano-novo reivindicar lugar. Num instante, a primeira luz floresceu no céu e depois rebentou um som oco. Artifícios vermelhos, verdes e azuis bailavam em harmonia.

— Mas isso não é guerra, mano. É fogos coloridos.

De repente, o primeiro rumor estridente de fuzis a trabalhar. O susto os empurrou para o chão. Mas ali, sobre o piso de concreto da laje, agasalhados pela penumbra, puderam contemplar as rajadas de traçantes, que rabiscavam de dourado e bronze as páginas negras do firmamento e se perdiam no além-céu. Assim chegavam às alturas as estrelas, acreditou Giovana, e estendeu ao irmão um olhar de cumplicidade.

Contudo, uma estrela fujona acertou um transformador, que aspirou toda luz amarelada que emanava dos postes e casas. Antes de os adultos conseguirem se iluminar de velas, os pequenos cambalearam degrau por degrau até o interior da casa, tateando as paredes na escuridão, e se aninharam entre os braços da mãe, a quem rastrearam pela fragrância de pitanga.

Por sorte, antes de a luz acabar, o Chester estava pronto, e as rabanadas, fritas. Sem cerimônia, os adultos montaram seu salão de festas no beco. As três mesinhas de bar agrupadas, cobertas por um longo pano florido, e luz de velas, muitas frutas, arroz à la grega e outros quitutes davam a sensação de um banquete.

Deus só dava liberdade para comer depois que todos conversassem com ele, assim aprenderam as crianças. Romário fechou os olhos e, em pensamento, sugeriu a Deus que concedesse tanta comida nos outros dias do ano também. Sua mãe só queria agradecer, até ali ajudou o Senhor. A pequena Giovana, alheia às sutilezas dos diálogos celestiais, desejou em bom som que a mãe ficasse mais tempo em casa, o que fez Deus, um tanto comovido e constrangido, encerrar mais rápido as conversas e liberar a comilança.

Naquele mês de janeiro, a mãe tirou férias e pôde voltar a uma infância não tão distante de seus 20 e pouquinhos anos. Como a maresia que não se vê, mas que corrói as construções de litoral, as responsabilidades precocemente envelheciam o semblante de

Raquel. Mas naquelas férias, as crianças lhe sopraram ao coração ventos de juventude. Leram *O Pequeno Príncipe* e outros livros em voz alta, correram pelos gramados da Quinta da Boa Vista e depois mastigaram adocicadas nuvens de algodão-doce. Banharam-se no sol da Urca, onde a mãe lhes ensinou a flutuar sobre as águas de ondas tímidas. Comprava refrigerantes no armazém da sábia Raposa.

Raquel dedicou-se a fazer todas as vontades dos filhos. Criara uma rotina íntima de cumplicidade, costurara um novo cordão umbilical, do qual se ressentia ao deixar romper. Antes mesmo de os sinos da escola das crianças tilintarem, convocando-as de volta das férias, Raquel teve de voltar a cuidar de sua mesa de costura, panos e agulhas. Ser mãe é isto: romper cordões demasiadas vezes. Mas prometera a Deus que não se queixaria. Faltava para não lhes deixar faltar. Quem sabe um dia pudesse viver só para eles.

Quando a mãe retornou ao trabalho, no primeiro dia, o sol do verão amolengava o corpo de Romário, que mergulhou em um sono profundo no fim da tarde. Sonhou com viajações interplanetárias, constelações, rasantes de cometas e naves em guerras espaciais, por isso não se assustou quando rebentou um tiroteio do lado de fora, nem percebeu Giovana, de fininho, colocar a velha panela de pipoca na cabeça, a fim de espiar o ventre do nascimento das estrelas.

Notícias de guerra, que circulavam nas rádios da cidade, tiraram a mãe do trabalho mais cedo. Se deparou com os policiais tensos, dispostos a impedir que qualquer um subisse o morro. Mas não existe tropa de elite, swat, rota, bope que segure o ímpeto de uma mãe que intui perigo às suas crias. Raquel armou um barraco, xingou polícia, xingou governador. Outros moradores que aguardavam, cansados de trabalho, se inflamaram nas chamas daquela mulher. Nem viram quando ela subiu pela escadaria e se atirou nos becos até aterrissar em seu lar.

A quietude das vielas lhe incomodou. Na favela, o silêncio, muitas vezes, rivaliza com a paz. Esse presságio a fez entrar em casa atônita, vasculhando os cômodos. Encontrou Romário empapado de suor. "Um tiroteio e esse menino dormindo! Cadê Giovana? Meu Deus, o que essa garota foi fazer na rua no meio da guerra?". "Caçar estrelas", Romário poderia dizer, mas não disse. Por causa de uma brincadeira, sua irmã se lançara ao mais selvagem dos planetas, aquele logo ali.

A mãe decidiu voltar à rua, talvez os policiais tivessem ido embora. Mas antes de sair, ouviu o ranger do portão da frente. Vinha Giovana de mão dada com dona Raposa. A vizinha abrigou a menina em seu armazém quando as nuvens de fardas negras trovejaram pelos becos. Soluços e lágrimas transbordavam de Raquel, que abraçou a cria como nunca. Do canto da sala, Romário observava intrigado a panela velha em uma das mãozinhas da irmã.

Quando dona Raposa foi embora, a mãe e Giovana caíram em um sono profundo, e Romário foi espiar a panela esquecida. Silenciosamente, para não acordar ninguém, tirou a tampa torta, e se surpreendeu ao ver que dourava, no fundo, um pedaço frio de metal, vestígio de uma estrela que esquecera de nascer.

Sem tempo para homem

Feito abelha, o homem voa de prédio em prédio, portaria em portaria, pra consertar voos de elevadores, pra conceder macia flutuação ao zum-zum-zum de pessoas.

Como que por feitiço de encantamento, uma mulher desfaz a hipnose do cotidiano. Quem é a moça, porteiro? A empregada de uns bacana aí. Você é homem de pouca fé, porteiro, porque nem é moça, muito menos empregada de alguém. É anjo.

Anjo pardo. Pele quarada de sol sob a cabeleira crespa abrigada num coque prático. Bate roupa, amaciante, a fragrância lúcida fica na roupa e no corpo dela. Vivazes olhos que sabem e não dizem ou dizem quando querem. Nem sempre.

Jamais os elevadores daquele prédio em Laranjeiras necessitaram tanto de cuidado. Banho de graxa nas engrenagens, mas nem tanto para não ter risco de sujar a roupa. Movimento leve pra não amassar o macacão cinzento engomado caso a visse.

E o consertador num sobe e desce a esquadrinhar andares. Dia após dia, até encontrá-la. Quando, enfim: desconcerto e fé.

— A madame tem hora para sair?

— Para sair, tenho, me falta é hora para homem.

— Um anjo desses sem homem...

Ela interrompe, brusca:

— Anjo, não. Bruxa.

Maldito anjo. Maldita bruxa que enfeitiça e não para. Uma semana sem dormir. Bruxa! Deus me livre, todos os dias, de joelhos ao acordar. Quem me dera, todas as noites, antes de dormir.

Até quarta-feira, quando, repentinamente, as lâmpadas dos elevadores dão de pifar mais uma vez. Miguel, mas que tanto quebra nesse predinho de Laranjeiras, que você não larga de lá? Sei não, chefe, parece bruxaria.

Nem sinal dela pelos corredores o dia todo. Chama no interfone e diz que eu tô aqui, seu porteiro. Sem chance. A patroa pode reclamar fofoca. Esse porteiro não passa de um zé ruela, mas a fé é inabalável e a tudo espera.

Enfim, ela sai a passos largos e rápidos.

— O que tá fazendo aqui?

— Sou perseverante.

— Desde quando a perseverança virou teimosia? Não tenho tempo pra homem, já disse.

— Mas não desejo lhe tomar o tempo, dona. Meu querer é compartilhar do teu tempo, da tua vida.

Ela encara o consertador. Olhos que sabem e não dizem. E ela sai aperreada, a arrastá-lo com o rabo de olho. Só interrompe o correr dos passos ao chegar ao ponto final do ônibus. Miguel não arreda o pé. Ela não concorda nem reclama. Quem cala consente.

De repente, tensões desfazem-se no banco da condução. Ela se põe a rir da bestice do patrão; ele faz troça do zé ruela do porteiro. Um coitado, segundo ela. Os dois gargalham timidez, como quem se estuda. Miguel, orgulhoso por ter descoberto a pérola do sorriso dela, escondida no interior daquele mistério, nem sequer sabe aonde está indo.

Não demora. Ela o deixa na porta do reformatório e entra. Gritaria de crianças ao fundo. Um corre-corre, umas risadas, é dia de visita.

Sim, ela tem hora pra homem. Um homem todo dela, um pequeno homem de seus 10 anos, que ela reluta em deixar, durante a semana, com as irmãs do educandário, mas sobreviver depende daquele desapegar. Viver dói.

Depois de afagar a cria, mimar com um bolo de aipim e ter de deixa-lo ao fim da visita, atravessa o portão ensimesmada feito as outras mães. Triste como só ela.

Sobe no ônibus de volta pra Laranjeiras. Faz que nem vê Miguel, que segue seus passos mais silencioso que uma sombra. Qual o nome do rapazinho?

— Gilberto.

A noite se avizinha, afugentando um céu alaranjado que custa a desgarrar da escuridão que atravessa as janelas.

— Por que não leva o menino, dona?

— Patroa só deixa quando acaba a semana e eles viaja. Não tenho casa.

— Vem morar comigo, tu e ele.

— Endoidou?

— Sou perseverante.

— Desde quando perseverança virou teimosia?

Anoitece, e o sacolejar do veículo é um convite pra ninar o coração cansado de Berenice. Miguel estende o braço sobre os ombros dela, que recosta a cabeça confortavelmente no peito dele até entrar num sono pacífico e profundo, que há muito não lhe visitava.

Bilhete

— Dona Nilma, posso sentar do lado da senhora?

— Sim. Como tu sabe meu nome?

— Não lembra de mim?

— Pra falar verdade, menino, tua cara não me é estranha... mas desembuche.

— Sou filho da Zete, da rua 6, lá do morro. Brincava de bola com o Delso em frente à casa da senhora.

— Oxe, menino. Faz tempo, a vista de velha é cansada que a gente nem reconhece. Tu é aquele magricela mais novo da Zete. Sua mãe tá boa?

— Tá, sim, senhora. E o Delso, como tá?

— Meu filho Delso tá bem, entrou na Marinha, coisa boa, visse? Salário em dia, estabilidade, mas trabalha feito jegue, até fim de semana, e não ganha muito. Se Deus quiser, ano que vem ele vai à sargento, já faz faculdade.

— Que bom, tia. Fico feliz. O Delso era o mais esperto da gente.

— Mas, menino, e você está trabalhando em quê?

— Tô, não, tia. Tô, não. Sabe como é, depois que o pai morreu, eu tive que ajudar a mãe e a criançada de casa. Larguei a escola e comecei a trabalhar com o tio Manel nas obras. Mas aquilo não era pra mim, tia. O dinheiro era miséria, dava pra nada. Tentei umas firmas aí, mas nada tá dando bom.

— Eita, menino. Não fale assim. Mas mudando de assunto, vai descer na frente do morro? Se for, aproveite e me ajude com as sacolas do mercado. Vem cá, qual é seu nome?

O rapaz se levantou do assento de forma brusca

— Hei, aonde cê vai? — disse assustada, a senhora.

O jovem caminhou com passos decididos até perto da roleta, a poucos metros do motorista do ônibus. Enfiou a mão por dentro da camisa, como se segurasse algo, e deu o aviso:

— Perdeu, geral! Tô armado e não quero gracinha. Vou passar no banco de cada um, é pra botar celular e dinheiro na minha mochila. Se alguém tentar dar uma de herói, vou passar fogo. Tão avisados.

Enquanto o ônibus corria devagar pelas avenidas entupidas de carros, o assaltante recolhia os objetos dos passageiros e os depositava na mochila. Celulares, relógios, cordões, e o dinheiro pingado do povo que lotava o coletivo após mais um dia de trabalho. O homem não demorou para encher a mochila. Contou com a "ajuda" do engarrafamento, que paralisava o trânsito e impedia que o ônibus passasse próximo à alguma viatura policial.

No fundo da condução, sentava dona Nilma, perplexa ao ver o rapaz com quem conversava fazia poucos minutos, com uma arma na mão, ameaçando aquela gente, de olhos cansados e amedrontados. Por um instante, enfim, se lembrou do ladrão ainda menino brincando em frente de casa, chutando bola no chão de concreto.

Pensou que poderia ser seu filho. Mas não, Delso certamente estava de plantão no quartel.

Ainda assustados, os olhos baixos dos passageiros seguiam o ladrão se dirigir até as últimas fileiras de assento. Ele carregava o Iphone de uma jovem, quando fitou dona Nilma, perto da porta. Ao encará-la recordou seu amigo Delso e se envergonhou. De modo que passou por ela sem levar nada.

— Ô piloto, abre a porta que eu vou descer!

De súbito, dona Nilma levantou-se e atirou seus pertences dentro da mochila antes de o ladrão fugir. Sem entender a atitude da mulher, ele desceu rapidamente as escadas e escapuliu entre os carros. Um pouco aliviados com a saída do bandido, os passageiros também ficaram confusos com a ação da senhora.

Cerca de uma hora depois, dona Nilma se arrastava para chegar em casa, com a bolsa vazia e as sacolas do mercado pesadas. Quando, enfim, alcançou sua varanda, teve uma surpresa. Embrulhados em um bilhete, estavam seu celular e os brincos de bijuteria que lançara na mochila do rapaz.

Dizia o papel: "Tia, nem tive tempo de dizer meu nome, a senhora não deve lembrar, porque me chamou de menino direto. É Leonardo. O bagulho não tá fácil pra mim. Não queria botar terror em ninguém. A arma era de verdade não, só que precisava levar um dinheiro pra casa, dar um levante, as criança precisa comer. Não entendi legal por que a senhora jogou tuas coisas na minha mochila. Que isso, nunca levaria nada da mãe do Delso não. Peço até desculpa pra senhora, papo reto. Ora por mim, que um dia saio dessa, se Deus quiser. Ass: Leonardo."

— Oxe, vai vendo só. Ele pensou que eu ia ficar no ônibus

sem ser roubada? A única? Pra neguin pensar que tava mancomu-
nada com o ladrão? Vixe, Maria — disse, sozinha.

Abriu a porta, bateu os sapatos no tapete antes de tirá-los dos
pés e entrar descalça. Dona Nilma deixou as bolsas no chão perto
do sofá. Depois, foi até a cozinha onde ficava um pequeno altar com
uma imagem de Nossa Senhora, que apoiava uma fotografia de seu
filho Delso. Ela tirou o bilhete de Leonardo do bolso e colocou junto
à santa, antes de se ajoelhar e começar uma oração.

Nunca precisaram tanto de mim

Do quartinho dos fundos, Miriam despertou ao ouvir o patrão entrar na cozinha. Teve certeza de que era ele quando ouviu o tilintar de garrafa e copo sobre o balcão de mármore. Era a única pessoa na casa afeita aos aconchegos do whisky. Algo encucava Raul e não deixava dormir. Assim, Miriam também não descansava. Não por causa do barulho próximo que a acordara, mas a incomodava a presença do patrão no território que era dela. Tudo bem, o imóvel constava no cartório como propriedade dele, porém a cozinha e o quarto pequeno eram o mundo da empregada, com ou sem escritura.

Pensou em se levantar só para conferir se ele não havia mexido em nada, deixado alguma bagunça pela qual ela seria responsabilizada pela manhã. Mas não saiu da cama. Era muito desaforo para aquela hora da noite. Raul não sabia que ela tinha de acordar cedo para levar o menino e a menina ao colégio? Que precisaria de disposição para suportar o dia com aquelas crianças malcriadas, que correriam na frente na rua, feito bichos se estranhando? Nestas horas de alvoroço entre as crianças, Miriam não ia atrás, ela nunca corria. Dava apenas um grito, e eles voltavam calmos; não era a mãe deles para mimar. Ostentava essa capa de rigidez toda, mas era só amor pelas crianças. E por isso, às vezes, mimava, sim.

Não se lembra do momento em que pegou no sono, mas acordou exatamente na mesma hora de todos os dias, executando o ritual de todos os dias. Ao chegar na cozinha, estavam o copo e a garrafa de whisky quase vazia sobre a mesa, vestígios de uma noite tensa. Agora, entretanto, Raul descansava no quarto. Só de afronta, Miriam deixou o flagrante na mesa, enquanto arrumava a louça portuguesa, para dona Débora ver a cena e encrespar para o lado do marido. Afinal, o médico havia recomendado que reduzisse as doses, depois do princípio de infarto, uma disritmia; um absurdo para um menino novo desses, julgava Miriam. O patrão tinha pouco mais de quarenta anos, e apenas uns dez a mais que a mulher.

Mesa pronta, pães frescos, café posto, era momento de acordar as crianças, exatamente às seis. Só que a campainha tocou. "A esta hora da manhã? Que abuso. Gilmar tá dormindo na portaria, que não avisa que vem gente, minha nossa senhora?". E tocou mais uma vez, e em seguida, batidas secas na porta. Miriam, irritada, se apressou a atender. Ao abrir, se deparou com uma arma apontada contra seu rosto. "Até aqui?", foi o que primeiro pensamento lhe ocorreu. Enquanto um policial mantinha a arma erguida, outro explicou a situação. "É a casa do senhor Raul Miranda Dias?". "É, sim, senhor". "É a Polícia Federal". Estavam muito arrumadinhos mesmo para ser polícia de batalhão, Miriam reparou, mas não abriu a boca.

Policiais se encabeçavam no corredor, carregados de armas. Encolhido numa brecha deles, um dos porteiros do prédio, Gilmar, encarava Miriam com olhos embaraçados. Era a terceira vez que tal situação ocorria naquele edifício do Leblon, desde que começou a pipocar a operação Lava Jato nas áreas mais caras da zona sul. Depois da segunda intervenção, o síndico estabeleceu um protocolo para receber possíveis ações policiais, de modo que evitasse que pesassem contra a administração do condomínio acusações de obstrução à Justiça. Então, ao chegar polícia, o porteiro da manhã, no caso, Gilmar, abriria a porta sem titubear.

Sem mais cerimônia, os policiais entraram. "Onde tá seu patrão?", perguntou um brutamontes. "Ali". Antes que chegassem, seu Raul abriu a porta e saiu vestido como se estivesse indo trabalhar: o terno italiano, os sapatos lustrados de forma impecável. Estranhamente, carregava uma expressão calma, e uma dignidade fingida no olhar. A tensão silenciosa foi rompida com o despertar de dona Débora. "O que é isso, Raul?". "Fica tranquila". "Tranquila como, Raul?". "Nós somos da Polícia Federal e temos um mandado de prisão em nome de Raul Miranda Dias, diretor do banco MD Investimentos, e autorização para vasculhar a casa. Se os senhores quiserem ler, está aqui." Sem pedir permissão, os agentes começaram a se espalhar pelos dez cômodos da residência. Sem pedir permissão, lágrimas acometeram dona Débora; chorava de soluçar no sofá da sala.

De repente, Miriam se antecipou ao agente que se dirigia ao quarto das crianças e atravessou o braço em frente à porta. "Aqui não precisa, o menino e a menina estão dormindo". Por um instante, o brutamontes se incomodou com a ousadia da empregada, tão mirrada, mas decidiu acatar e seguiu para outro cômodo, com o mesmo semblante de cão que fareja.

Ao entrar no quarto azul e rosa com estrelas fosforescentes no teto, Miriam viu o menino, de dez, e a menina, de oito, abraçarem, cada qual, seus lençóis, como pequenas tartarugas escondidas sob as sombras dos cascos. Os olhinhos apreensivos, sem entender a razão da gritaria da mãe, que agora discutia com seu Raul, aturdidos pelo barulho de muitos passos e coisas reviradas no interior do apartamento. "Fiquem aí quietinhos que tudo vai se resolver, tudo bem? Depois venho arrumar vocês para o colégio. Sem chance de faltar aula", acalmou-os Miriam, antes de voltar para a sala.

Ao passar pela cozinha, a empregada escutou um policial comemorar: "Achei o caderno!". As anotações do patrão estavam escondidas em uma das gavetas do armário com produtos de limpeza da cozinha, entre os potes de sabão em pasta e frascos de detergente. Miriam irritou-se com seu Raul, afinal, ali era território dela.

Quando retornou à sala, foi pega de surpresa com o ataque da patroa. Dona Débora foi em sua direção com um misto de ódio e tristeza na face. "Quem te deu autorização para abrir a porta, porra? Por que deixou esses homens entrarem para levar meu marido?", gritava. Miriam a segurou firme pelos braços, e foi quando o policial que chegara com o mandado, aparentemente no comando da operação, reagiu. "Senhor Raul, acalme sua mulher, pode levá-la ao quarto se preferir. E a senhora, pegue uma água com açúcar para a patroa."

No quarto, Miriam pôde ouvir seu Raul dizer à Débora que a visita daquela manhã não era novidade, um amigo jornalista lhe revelara na noite anterior, por isso não dormira. Não avisou à mulher para não preocupá-la. Caberia a ela, agora, cuidar dos trâmites junto ao advogado, que, naquele instante, entrava no apartamento, com a pontualidade de quem recebeu a missão horas antes . Débora não deveria dar entrevista à imprensa e se algum policial a interrogasse sobre as viagens à Europa e Catar, deveria dizer que foram férias comuns, e não sabia de mais nada. Ela ouvia tudo inconsolável.

Toda a cena não demorou mais de trinta minutos. Raul deixou o apartamento sem algemas, o que lhe trouxe algum conforto ao se deparar, na entrada do prédio, com dezenas de jornalistas que o retalhavam com perguntas venenosas e flashes escandalosos. Um orgulho cínico se equilibrava entre o peito e o queixo e não deixava que abaixasse a cabeça. Desse modo, ele entrou no carro que o levaria à prisão. O advogado seguiu o comboio.

Os cotovelos apoiados na mesa da cozinha, o rosto imerso nas mãos, Débora estava em choque, mas não surpresa com as falcatruas do marido, que escalara em dois anos um cargo executivo do banco e enriquecera. Afinal, os presentinhos caros, as joias, as viagens, a mudança da Tijuca para o Leblon tinham poder de apagar qualquer princípio moral. O que a surpreendera foi a prisão, e a iminência de desmoronar daquele castelo.

Miriam serviu chá de camomila para dona Débora e café para si, porém, a patroa não encostou na xícara. Numa tentativa de consolar, a empregada iniciou um monólogo sobre a prisão do sobrinho mais velho, um tempo atrás. O menino era bom, aprendeu a profissão de mecânico e trabalhava com afinco. Mas um dia a polícia bateu na porta da oficina, não a Polícia Federal, a do batalhão. Acusaram-no de receptação de peças de carros roubados. O sobrinho continuava preso até hoje.

Débora ouvia o relato com indiferença, impaciente. Mas desandou a chorar mais intensamente pela situação do marido, e Miriam se irritou. "Se controla, mulher! Gente que nem seu Raul não fica muito tempo na gaiola. Tem advogado bom, tem amigo poderoso. Agora, vê só." Espantada com o sermão, a patroa se calou. Miriam pegou a garrafa de whisky, testemunha de todo o drama que começara na madrugada, e tomou a liberdade de derramar um gole em seu café. Em seguida, tirou a xícara de chá da mão de Débora e entregou a garrafa à mulher chorosa. "Vai, toma". Dessa vez, ela não recusou.

Convenceu a patroa de que seria melhor para as crianças ir para o colégio. "Tira elas daqui. Essa casa tá carregada de energia ruim. Deus me livre". Atordoada pelos afagos do whisky, dona Débora se deitou e dormiu profundamente.

Naquela manhã, ao levar o menino e a menina até o colégio, Miriam se sentiu livre para não vestir camisa branca que os ricos fazem as babás usarem para mostrar que não são da família. Prometeu a eles que o pai voltaria logo, logo. Naquela manhã, as crianças não correram na frente, e ela não precisou gritar para sossegarem.

Quando voltou para o prédio, topou no corredor com Virgínia, empregada do apartamento do quarto andar. Ela assistiu a tudinho pela TV e se preocupou com o emprego da amiga. E se a família Miranda Dias não pudesse mais pagar salário? Miriam ouviu toda a teoria de Virgínia com tranquilidade, pois uma ideia confiante habitava em sua mente: "Nunca precisaram tanto de mim."

Garrincha

Jonathan e Juninho estão sentados atrás das redes remendadas que cobrem a trave do campo do Saara, que fica na beira do morro do Galo. O campo tem esse nome por causa do piso de areia, que nos dias de verão, quentes e áridos, brilham como o deserto.

Juninho termina de calçar suas chuteiras surradas, se levanta primeiro e se junta aos outros meninos que estão no campo brincando de cobrar faltas.

— Bora, lerdão, é sua vez de chutar! — grita Juninho para Jonathan, que ainda amarra os cadarços.

— Calma, já vô.

Jonathan bate a sola das chuteiras no chão para ajustá-las, e corre até onde estão os outros garotos. Mas ao chegar lá, Juninho muda a brincadeira.

— Vamo brincar de pique. Tá com o Jonathan, que ficou panguando.

— Ah, ow. Qual foi? Volta aqui.

Os meninos se espalham, e Jonathan começa a persegui-los. Todos estão sorrindo satisfeitos. Nesse momento, o campão é só deles.

Até que o professor João Carlos desponta no portão. É um

homem alto, de uns 40 anos, com a postura altiva como a de um militar. Ele carrega uma bola nova debaixo de um braço, um apito pendurado no pescoço e uma grande sacola com coletes coloridos na outra mão. Uns 15 meninos o seguem, em procissão.

Ao perceber a chegada do treinador, Jonathan assobia para os outros. Então, todos correm para trás do gol, enquanto Juninho chuta a bola velha para o mato. Os meninos se sentam e fazem cara de sérios. Ao entrar no campo, o professor se aproxima deles.

— Boa tarde, Fessor — Juninho se antecipa.

— Boa tarde, Fessor — Jonathan acompanha.

O professor se detém diante deles.

— Estão suados por quê, jogadores? Tavam correndo?

— Não, senhor, Fessor. Tá maior calorzão aqui — explica Juninho.

— Sei! Não quero ninguém correndo antes do treino. Tão entendendo?

— Sim, senhor! — respondem em uníssono.

— Se eu pegar correndo antes do treino, o time todo vai dar vinte voltas no campo.

Nesse momento, Rabicó, um dos garotos que chegam com o professor, faz um gesto obsceno em provocação a Juninho e Jonathan. Ele bate com a lateral de uma das mãos fechada, na palma aberta da outra mão e sorri maliciosamente. Juninho xinga de volta, mas sem emitir sons. Quando o treinador se afasta, Jonathan mostra o dedo do meio para Rabicó, que balança os ombros indiferente. Em seguida, a molecada se junta no centro do campo e dá as mãos para a oração de todos os dias.

No treino, o professor divide os meninos no time de coletes

vermelhos contra os de azul. Meio técnico, meio árbitro, ele conduz a partida e orienta os jogadores de dentro do campo.

Em uma jogada, Jonathan recebe a bola e corre com ela, então aparece Rabicó, de colete azul, para persegui-lo e tomar a bola facilmente. Jonathan tenta recuperar, mas se cansa logo, para de correr e apoia as mãos no quadril.

— Tá cansado, jogador? Tira a mão das cadeiras! — grita o professor para Jonathan.

O menino ensaia mais um pique atrás da bola, só que o ar rareia no pulmão e freia a corrida. O técnico repara e chama um garoto que está do lado de fora para substituir o cansado.

Jonathan anda arrastando os pés para fora do campo. Juninho olha para ele e abre os braços como quem pergunta o que houve. Jonathan responde com um polegar apontado para baixo, e se senta num toco de madeira que a rapaziada faz de banco de reservas.

O treino prossegue, e surge no campo o Garrincha, um garoto um pouco mais velho, alto, magro, musculoso, tipo velocista. Com as pernas arqueadas, caminha com uma ginga leve, usando apenas uma bermuda da Nike e um par de sandálias Havaianas. Garrincha se detém diante do professor.

— Quem é vivo sempre aparece. Como tá, jogador?

— Tranquilão, Fessor. Tranquilão.

— Tá mesmo?

— Tô, pô.

Os dois ficam em silêncio por alguns instantes.

— E quando você vai aparecer para treinar? Um olheiro tá pra vir aqui, quer um menino rápido pra jogar no ataque do Olaria. Era uma boa pra tu.

— Papo reto? Que dia? Só falar que eu apareço.

Garrincha esfrega as mãos entusiasmado.

— Eu vou ligar para ele hoje. Volta sexta-feira nesse horário.

— Putz. Sexta? — questiona o menino, contrariado, mas prossegue — Já é, suave. Vou aparecer mermo. Moral de cria!

Garrincha se afasta, e o professor continua a observar o jogo. Depois, percebe que Jonathan acompanhou a conversa.

— Tá vendo ele ali, jogador? Garrincha jogava muito aqui. Infelizmente, tá caminhando pra vida errada.

Jonathan escuta tudo silenciosamente.

— Já levei ele em um monte de clube, os caras gostam, mas tem certas batalhas que vão além do campo.

De repente, o professor se vira para o jogo e apita o final do treino.

É sexta-feira, e como de costume, Juninho e Jonathan chegam mais cedo no campo. Mas nesse dia se anteciparam até demais. Eles amarram suas chuteiras e ajeitam os meiões no pé.

— Cadê o Vandinho que não vem com a bola? Esse moleque é maior lerdão.

— Tá doido?! Hoje não vou jogar, não. Viu o que o professor falou na semana passada? — diz Jonathan.

— O quê?

— Vai ter olheiro hoje.

— Para de caô, menor — desconfia Juninho.

— Papo reto, pô.

— Para de ser mentiroso — responde Juninho, que se levanta e empurra o outro, que tomba, de leve, no chão.

Juninho sai correndo, gargalhando, e Jonathan tenta pegá-lo. De repente, Garrincha, descalço e sem camisa, entra no campo pelo portão em disparada, indo na direção dos dois meninos, com um olhar desesperado. Os garotos ficam estáticos sem entender o que está acontecendo. Então, escutam um disparo de arma de fogo. Em seguida, dois policiais, um magro e outro corpulento, surgem em busca de Garrincha.

Cena de velho oeste. O vento sopra quente e faz redemoinhos de areia e folhas. O neguinho encara seus inimigos vestidos de farda, colete, pistola e botas. Eles têm o dobro do tamanho dele, mesmo assim foram armados para uma guerra, prontos para aplicar a pena capital de um julgamento que não ocorreu senão nas mentes daqueles homens da lei. Lei do cão.

Jonathan e Juninho não entendem o que está se passando, nem a razão da perseguição. Mas sabem que não podem correr e se abaixam. Corre quem está devendo, essa é a lei. A lei do cão, de novo.

Ciente da sentença, o garoto voa para a ponta esquerda, com o policial cheirando seu cangote. E o neguinho ginga para um lado, com o soldado acompanhando; ginga para o outro, e o homem fardado seguindo. Garrincha dispara pelo meio de campo em direção à ponta direita, faz que vai para a linha de fundo, mas só finge e volta. O policial não entende o drible e se desequilibra com a arma em uma das mãos, enquanto a outra tenta segurar no ar para não cair. Cai.

O garoto despinguela reto em direção ao portão do campo em fuga, rejeitando a pena que lhe fora imputada por levar de alguém um objeto que não era seu, talvez. O outro policial nem se detém para ajudar o colega, caído no chão. Só dispara. A bala passa zunindo ao lado do ouvido e estoura em um muro. Mas o moleque escapole.

Os policiais não têm coragem de subir a ladeira sozinhos. Lá em cima o time do menino poderia estar completo, e aí a guerra seria outra. Saem do campo, batendo areia da farda suja, e parecem não ter percebido a duplinha no meio da perseguição. Graças a Deus. Tudo fica calmo. O silêncio é tanto que Jonathan e Juninho conseguem ouvir os próprios tremeliques de medo.

Não passa muito tempo, e o restante da molecada começa a chegar no campo com suas chuteiras. Nesse dia não brincam de pique. Antes de iniciar o treino, fazem o círculo de oração e rezam o Pai-Nosso de todos os dias. O tal olheiro do Olaria assiste ao jogo dos meninos ao lado do professor, que aguarda esperançoso um Garrincha que não vem.

Troia

A conversa com Miler, na noite anterior, tirou o sono de Leléu. Só conseguia pensar quão desgraçado era o Irineu da padaria, que não quis antecipar um vale para o amigo fazer a festa de 18 anos. Leléu, que nem ligava para aniversário, se sentia inconformado. Não é todo mundo que chega à maioridade naquele morro.

No dia seguinte, Leléu passou horas matutando alguma forma de fazer um dinheiro rápido para organizar um churrasco. Dar uma festa para Miler era questão de honra. Sua situação era pior que a do amigo, porque nem emprego tinha. Até pegaria dinheiro com agiota, se a dona do negócio não fosse sua tia. Lavar carros foi uma opção que não durou muito em sua cabeça, mesmo que ficasse o dia inteiro dando ducha, nem daria para comprar carne suficiente no mercado.

Foi quando uma ideia lhe assaltou, mas logo julgou perigosa demais. E se desse certo? O problema estaria resolvido. Precisava de ajuda para executá-la, então bateu na porta da Duda.

— Vou falar legal, Duda: o bagulho é nós fazer aquela meta lá nos alemão. Se nós estourar a boa, dá pra tirar um dinheiro e deixar o Miler forte no aniversário. Né, não?

— Mas vai só nós? Os alemão vão tá lá.

— Fica suave. Nós vai de manhã, umas sete hora, que os alemão vai tá tudo morgado depois do baile, não vai ter ninguém na rua. O Da Manga vai com nós. Se der porrada, ele é brabo. De repente, ainda arruma desconto no açougue que ele trabalha.

— Mas tu tem certeza que sabe onde fica a parada?

— Lembra aquela mina que eu pegava lá no Morro dos Macaco? A Mirelly?

— A gostosa?

— Ê, caralho. Tu é talarica?

— Foi mal. Era tão gostosa que é a única coisa que explica você piar no morro do alemão.

— Para de falar merda, garota. Então, dei rolé de ponta a ponta com ela nos becos, na principal e no altão, onde tá a meta. Me esqueci, não. Tá palmeado.

Duda assentiu um tanto apreensiva. Mas a causa lhe parecia inegociável, o Miler era cria, como ela e Leléu.

Uma bruma cinzenta pairava sobre a margem do valão, enquanto a luz do sol despontava sobre as lajes altas. A boêmia recém-atirada à cama dava lugar às famílias que caminhavam apressadas para receber a dose de bênção semanal, num culto ou numa missa no Morro do Jacaré. Na contramão, caminhavam Leléu, Duda e Da Manga.

Sentiam-se donos do reino do lado de cá. Porém, do outro lado do túnel Noel Rosa, era área hostil, e estavam dispostos a enfrentar. Quando se cresce sob estado de violência, o medo se torna acessório, que os três guardavam no bolso de suas bermudas tactel. Por dentro da cueca, Da Manga levava embrulhada em um jornal uma faca curta que catou do açougue.

Leléu orientava a carreira; Duda e Da Manga contemplavam as vielas do Morro dos Macacos. Parecia uma cópia da favela em que moravam: as mesmas casas espremidas na lateral por outras casas igualmente espremidas. O mesmo odor de esgoto fluindo dos bueiros. Vira-latas vagabundeando nas ruas. A mesma gente sedenta por palavras de boa esperança a caminho das igrejas.

Nenhum sinal dos alemão na rua, e os três meninos ganhavam a trilha no interior de um matagal. No alto do morro, o terreno se tornava plano, havia um pequeno pasto de grama curta e verdejante e um pequeno lago de água tranquila, onde um cavalo matava a sede, enquanto os raios de sol davam um tom dourado à sua pelugem marrom.

Era ali a terra prometida. Aproximaram-se, e Leléu ofereceu uma maçã, que o animal aceitou mansamente. Sem perder tempo, Da Manga subiu no cavalo e lhe abraçou o pescoço, Duda veio na garupa, enquanto Leléu, no chão, guiava-os até a saída. Fizeram o caminho de volta muito mais tensos do que na subida, tinham a sensação de que todos os olhos os perseguiam. Pessoas cochichavam ao vê-los com o animal, vira-latas latiam atrás deles. Só sentiram alívio quando pisaram fora do morro, em Vila Isabel. Agora, precisavam apenas encontrar alguém que comprasse o cavalo e teriam o dinheiro em mãos.

Atravessavam a Praça Barão de Drummond quando escutaram o primeiro grito:

— Ô rapáááááá! Vai morreeeer!

Atrás deles, vinha uma manada de mais de vinte alemão, que traziam em seus semblantes amassados de sono um ódio mortal.

Leléu enfiou as havaianas nos braços para correr melhor, antes de gritar para os dois no cavalo:

— Se adianta pelo túnel. — E Duda deu um tapa no lombo do bicho, que ganhou em trotes largos o Noel Rosa.

Se atravessasse o túnel a pé com os outros, inevitavelmente ficaria para trás e seria pego, pensou Leléu. Seguindo por outro caminho, porém, livraria sua barra aos despistá-los e estava certo de que os amigos não seriam alcançados em cima do bichão. Então, aproveitou a distração do ocasionada pela fuga do cavalo e pulou o muro de uma casa, certo de que o deixariam em paz. Ouviu barulho de gente do lado de dentro, mas conseguiu correr em silêncio até a escadaria que levava a uma laje. Encontrou uma sombra que suavizou o bafo do sol, e sentou no piso de cimento. Ficou escaldado com o burburinho da rua, tinha receio de que pudesse ser descoberto a qualquer momento e resolveu permanecer ali por algumas horas.

Cochilou e não sentiu. Só acordou ao ouvir barulho de gente. De repente, se deparou com uma velhinha, a dona da casa, que danou a gritar:

— Ladrão! Ladrão!

Não se sabe qual dos dois ficou mais assustado. Se havia uma pequena possibilidade de os alemão terem desistido de encontrá-lo, os berros da senhora o colocariam na mira deles de novo. Leléu então desceu as escadas em disparada, empurrando a idosa contra a parede. Pulou o muro de volta para a rua e se deu conta do bololô de gente lhe apontando. Ainda podia ouvir os chamados de ladrão, quando tentava alcançar a Boulevard 28 de Setembro.

Sentiu os rumores atrás dele. Quando olhou, havia um bando de alemão em seu encalço. Esticou pela calçada de lojas fechadas, o chão morno pelo sol. O ar rareava em seus pulmões. "Ainda que eu passe pelo vale da sombra da morte... o Senhor Deus é a minha força e fará dos meus pés como os da cerva". Misturava orações que mal aprendera com a mãe. Estaria ela no culto orando por ele agora?

Duvidou da própria fé, quando, ao fundo, uma sirene anunciou a chegada dos cana. "Já não bastavam os alemão?". Giroflex ligado, a viatura correu em sua direção cantando pneus e quase o atropelou. Mas Leléu esquivou com um pulo de gato, pousando na parte de cima da lataria, até que se desequilibrou e tombou no chão. Nem teve tempo de se levantar, e os dois PMs saíram do carro, apontando seus fuzis para o jovem. Sem a presa, agora sob jurisdição policial, os alemão espiaram de longe por alguns instantes, e logo partiram, antes que sobrasse polícia para eles também.

— Que porra é essa, neguinho?! — gritou um dos PMs, com o bico do fuzil na altura da orelha de Leléu, que estava com o rosto virado para o muro chapiscado.

O outro policial revistava os bolsos da bermuda tactel. Não tinha nada ali, só o medo.

— Tava correndo por quê, neguinho? Que merda você fez pra queles caras? Me dá um bom motivo para eu não te entregar.

— Meu chefe — argumentou pausadamente Leléu —, eles queriam me assaltar.

— Tá de sacanagem com a nossa cara, neguinho? Eles queriam roubar o quê, essa sua havaiana surrada e essa bermuda rasgada?

— Eles devem estar achando que eu sou playboy.

Então, os policiais desataram a rir, uma gargalhada que os fez baixar a guarda por alguns instantes. Leléu prosseguiu:

— O papo é reto, chefe. As Osklen lá na Sul só vende bermuda rasgada. A moda é havaiana branca e bermuda rasgada. Tá ligado?

— E esse cabelo de mendigo aí?

— Com todo respeito, o senhor tá equivocado, chefe.

— Caralho, tá até falando bonito agora. Daqui a pouco vai dizer que é estudante ...

— Deixa eu explicar, chefe. Cabelo rastafari é a moda dos preto da Sul. Os preto rico não corta disfarçado que nem os menor de favela. É só rastafari e dreadlock para ficar diferenciado. Daí os cara do Morro do Macaco acharam que eu era da Sul e vieram me roubar — completou Leléu, didático. A essa altura, os dois policiais já haviam baixado as armas.

— Neguinho, gostamos de tu. É mentiroso, mas é engraçado. Sem gracinhas, onde você mora?

— Papo reto mesmo, sou do Jacaré, meu chefe.

— Puta que pariu. Agora entendi por que os caras estava correndo atrás de tu. Deu sorte. Se eles te pegam, já era.

— Aí, neguinho playboy — acrescentou o outro policial. — É mesmo teu dia de sorte. A gente está indo dar uns pipoco lá no Jacaré, quer carona?

— Com todo respeito? Quero, não, meu chefe. Vou sozinho mesmo.

— Então se adianta lá... e toma cuidado — falou um deles, antes de largar um tapão na nuca de Leléu, que voltou a correr, mais uma vez, sem olhar para trás.

Naquela aventura, Leléu viu o dia passar. Nem lembrava da última vez que tinha comido algo e sentia a cobrança da barriga. O sol na cabeça maltratava, mas o alívio por respirar o ar da sua favela amenizava a dor dos calos acumulados na jornada. Surpreendeu-se ao chegar na base e perceber o fervo: uma tenda de plástico cobria a animação de quase 50 pessoas. Os crias e as novinhas dançavam funk; os coroas revezavam-se na churrasqueira e no litrão, enquanto as crianças tornavam um parque aquático a piscina de mil litros.

No meio da festa, estavam Da Manga, Duda e o aniversariante, Miler, coberto por uma felicidade que transbordava de um barril de cerveja. Quase tão festejado quanto Miler foi Leléu ao chegar ao fuzuê. Sem ele e sua coragem, a festa não teria acontecido. Sentia fome, sede e cansaço demais para perguntar como tudo aquilo tinha sido organizado. Logo, trouxeram-lhe um pratinho de comida, um copo de cerveja. Não se lembra de ter comido uma carne tão macia e saborosa. Anoiteceu e, já amortecido pelo álcool, Leléu não se recordava dos sufocos, curtia a onda, merecia. Só no dia seguinte, Duda narrou a sua parte na fuga do Morro dos Macacos:

— Pega a visão. Quando nós entrou no túnel, uns alemão vieram de bike na cola. Mas aí nós embicou na contramão. Foi uma confusão de carro freando, batendo. Por Deus, nós tá vivo. Saiu do túnel, cinco minutos nós tava na favela. Mandamos os menor desenrolar um carvão fiado na loja do Nelson e acendemos a churrasqueira na base. Se chegasse neguinho perguntando qual era do churrasco, nós dizia que era só chegar com um engradado de latinha e um saco de gelo ou refri. Dolly, não. No máximo um Convenção Guaraná. Só sei que foi juntando gente e juntando mais gente. A mãe e as tias do Miler fizeram farofa, arroz e macarronese. Geral enchendo a pança de carne. Depois, uns amigos trouxeram a lona e a piscina de plástico. Foi isso.

— Mas vem cá, vocês venderam o cavalo para quem? — questionou Leléu.

— Quem disse que a gente vendeu o cavalo?

Erva-doce

Inspirado em Além do Ponto, de Caio Fernando Abreu

Menti e não sei por quê. De manhã, não deixei Mateus tirar um pedaço de bolo. Se estava com fome, que comesse pão. Esperneou, fez pirraça. Bolo não é para dia de semana, e aquele era um presente de aniversário para a irmã Irene. Menti. No fundo, penso que nem precisava ter dito nada, satisfações eu devo a Deus, e só. Descia o morro com ele, enquanto equilibrava a fôrma nas duas mãos. Ao chegar na escola, Mateus atravessou o portão apressado e sumiu no corredor, nem se despediu direito. Essas crianças são assim hoje em dia, não estão nem aí para nada.

O dia mal estava começando, mas fazia um calor de matar. Saí da escola, e apertei o passo na avenida que margeia o morro, com o embrulho nas mãos suadas. A verdade é a seguinte: eu estou indo até a casa do irmão Jairo, o bolo é para ele. E o que tem de errado nisso? Faz um mês que, naquele cemitério de Inhaúma, queria ter lamentado a morte da irmã Ane, sua esposa, que tão nova foi para os braços do Pai. As irmãs do coral cantavam um hino bonito, que dizia "ainda bem que eu vou morar no céu", e os olhinhos do Jairo brilhavam tão longe e tristemente, contido, apesar de tamanha perda. Por um instante, tive a sensação de nossos olhares se encontrarem entre aquele mundaréu de crente. Mas não sei o que me deu, minha reação foi virar o rosto ligeiro pra baixo, pra não ter que encarar aquele sofrimento.

Dia e noite, parece haver um relógio daqueles antigos dentro de mim. Faz tique-taque, tique-taque, e não importa se eu estou lavando roupa, fazendo faxina, na cozinha ou até no culto, tudo me lembra Jairo. Matutei por alguns dias e tomei coragem. E tudo bem. Uma velha amiga não poderia levar um agrado para um homem em luto? Para Evandro, meu marido, não precisei inventar enganações, saiu para o serviço bem cedo e só vai voltar à noitinha. Não carece de saber para onde eu vou. Evandro não tem grandes afeições nem antipatia por Jairo. Então por que eu inventaria de contar? Só pra criar contenda?

Não deveria ter feito esse embrulho tão simplesinho. Em vez da fôrma de alumínio coberta pelo pano de prato, poderia ter colocado o bolo na travessa de vidro laranja, com relevos de florzinhas. Chegando desse jeito, será que Jairo vai pensar que sou relaxada? Que nesses anos longe fui perdendo os caprichos? E perdi mesmo. Então, ele vai deduzir que eu parei de cantar e dançar, radiante como antigamente, e que só vivo para arrumar casa, cuidar de criança, ir aos cultos aos domingos? No final, ainda vai chegar à conclusão de que estou desgostando da vida? E eu estou.

O perfume do bolo passa pelo pano fino e joga dentro do meu nariz aquele cheirinho de erva-doce. Não sei se Ane sabia assar bolo, mas, anos atrás, muitos anos atrás, esse era o quitute preferido de Jairo. Certeza, ele vai se surpreender quando eu chegar lá carregando o presente, e me convidará para entrar e sentar no sofá.

Depois, ao me ver derretendo no calor, vai me oferecer um copo d'água gelada. Nós conversaremos sobre Ane e, enfim, eu poderei lamentar a morte da irmã. Tão jovem, não merecia. Ninguém merece, mas Deus sabe de todas as coisas.

Em seguida, nos lembraremos da nossa juventude: dos ensaios no coral da igreja aos sábados, das danças coreografadas, das apresentações nos cultos de domingo. Ele e eu cantando solos, e o povo e seus sussurros de amor aos céus, esquecendo a rotina de seus problemas, sob o som de nossas vozes em harmonia. Assim chegavam mais perto de Deus. Sentiremos o frescor dessas lembranças. Então, Jairo me passará uma xícara de café, e comeremos o bolo que ele tanto gosta. Quem sabe, arriscaremos um refrão de um louvor daquela época. "Faz chover, Senhor. Águas que reguem a terra, que façam brotar a semente e os frutos do avivamento." A voz dele tão grave e macia.

Enquanto me perco nestes pensamentos, o suor empapa a malha da minha camisa, escorre pelas minhas pernas, abafadas pela saia comprida. Os carros passam, deixando chicotadas de ar quente e poeira. Mas não tem problema, toda essa poeirada atinge só o pano, o bolo continua intacto, o cheiro de erva-doce refresca minhas narinas. Tudo bem, eu já atravessei metade do caminho e logo o encontrarei. E Jairo vai sorrir quando eu lhe entregar o que preparei e ficará impressionado de como, depois de tantos anos, eu lembro do seu bolo preferido. E eu direi que não é nada demais. Afinal, fomos namorados e, antes disso, melhores amigos.

Jairo vai me perguntar sobre o meu filho Mateus, eu direi que está bem, malcriado e bem. E contarei que estuda na mesma escola em que nós dois fizemos o "ginásio", ali em Inhaúma. Assim nos lembraremos do dia em que nos beijamos, no pátio, sob a sombra da amendoeira, do susto que ele tomou ao ouvir os versinhos que tirei das linhas rosadas do meu diário. Se fosse branco, as bochechas ficariam avermelhadas, mas no dia ele não disse nada, só encostou seus lábios em minha boca, foi nosso primeiro beijo. Pelo menos, foi o meu. A minha boca meio paradona esperando o rapaz tímido agir, o gosto de bala de morango debaixo da língua, a mão suada na minha nuca, meus olhos abertos mirando os seus, sem que percebesse. Ainda me lembro daqueles versos.

Não, eu não gosto de recordar essa época, o beijo, o namoro, o dia em que Jairo recitou Cânticos: "as muitas águas não podem apagar este amor, nem os rios afogá-lo". E ainda assim, ele me deixou quando o pastor disse que nosso namoro não era uma escolha de Deus, mas fruto da paixão de nossa carne. E Jairo aceitou, devoto que era, que é. Essa mágoa transborda no peito. Por que na igreja tem gente que acha que pode decidir o destino das vidas dos outros com o pretexto de que "Deus falou"? Por que ele acatou? Por que eu acatei? Complicado.

Eu estou derretendo de suor, o melhor é dar meia volta e tomar o rumo de casa. Se o ônibus demorar, vou pegar uma van. Faz tanto calor, e é melhor mesmo não ir vê-lo, não falar da Ane nem do Evandro e deixar tudo como está. Burra velha inventando história, vasculhando mocidade, buscando pecado em mim e querendo atiçar erro no outro, em Jairo, homem de Deus. E esse ônibus que não chega, esse banco está tão quente que talvez seja melhor ficar de pé. É melhor. O menino me vende uma garrafa de água tão gelada que me dá um pouco de tosse. E eu tremo calafrios quentes. Até que, de repente, um ônibus freia bruscamente bem perto, por pouco não sobe a calçada e me pega. O resmungo dos pneus se esfregando no asfalto me dá um susto tão grande, que o bolo escorrega de minhas mãos suadas e cai de ponta-cabeça no chão. A sorte foi o velho pano de prato. Veja só, entre o bolo e a poeira da rua, um pano surrado de cozinha salvando tudo.

Pego o bolo do chão, e deixo o pano. A fragrância de erva-doce se envolve em minhas narinas tão intensamente. É um sinal dos céus para eu continuar caminhando até Jairo. Estou tão perto. E eu vou. Então, Jairo abrirá a porta, e eu vou dizer: "Te perdoo por ter ouvido o pastor e me largado. Principalmente, pelo fato de o pastor ser meu pai". Deus o tenha. Meu próprio pai que não tardou em dar minha mão em casamento ao diácono Evandro, homem decente e de paz, mas, por ele, nunca tive amor verdadeiro.

Eu chego na casa de Jairo. Uma rua vazia. Um medo. O sol sobre minha cabeça, os olhos da igreja sobre minha cabeça. Lembro-me do provérbio que diz: o amor cobre todos os pecados. Ignorar meus sentimentos era a verdadeira mentira. Paro em frente à porta, e bato. Uma, duas, três vezes. Uma insegurança nas mãos. Quando Jairo abrir, eu direi tudo que preciso. E, então, ele vai me oferecer um copo d'água gelada e receber o bolo de fubá com erva-doce, porque ele ama esse bolo. Não sei se devo, sinto impulso de partir, mas não tem volta e bato novamente. Agora, mais firme. Ouço um barulho dentro da casa, chaves tilintam, alguém caminha em direção à entrada. Aqueles versos na minha cabeça, as linhas rosadas do nosso primeiro beijo: "E então eu o beijarei como se mastigasse folhas de erva-doce, enquanto sua boca vai se encher das fragrâncias do meu peito. E pétalas brotarão, num jardim, sabe? Bem à beira do sol, regado pelas águas que fluem do meu corpo e então cultivaremos o amor em nossas vidas". Me lembro de cada frase e cada palavra de cor. E não tenho mais medo. Então, a porta se abre. Você, Jairo, abre a porta.

Disritmia

"Preta, vê se me entende ...", Zé começara a escrever ao celular, para depois apagar. Os dedos trêmulos de nervoso tinham certa dificuldade para enxergar as teclas. A boca estava seca; o coração, inquieto na garganta. Provavelmente seria a última mensagem que enviaria à mulher que vinha sendo sua única ligação com o mundo exterior. Um suspiro de ar fresco na rotina cinzenta e abafada da penitenciária. Decidiu que não a queria mais naquele prédio sombrio.

Há dois dias o homem tentava escrever aquela mensagem. Com o dinheiro estreito que Janaína lhe dera na última visita, comprou um chip de celular com internet e alugou um aparelho no "armazém" do pavilhão, a lojinha em que detentos vendiam para outros detentos produtos com a anuência e garantia de participação dos lucros aos carcereiros. O fim de semana ia embora com a noite, e ele precisava devolver o celular para o armazém. Havia chance de operação da corregedoria na segunda, e as celas deveriam estar limpas.

A grana que Janaína levava para ele era contada para itens básicos, como o maço de cigarro. Mas para poder ficar com o celular, teve de abrir mão de fumar naquele mês, e isso só acentuava o nervosismo.

Zé era respeitado entre a rapaziada do presídio, da mesma forma que inspirava respeito no morro. Era bem magro, tinha estatura média. Na rua, gostava de usar o cabelo crespo espetado para o ar, com as laterais raspadas num degradê, o corte do Jaca. Mas ali não, preferia raspar tudo. Vivia sempre de semblante franzido, e as palavras rareavam em sua boca. Porém, naquele momento, com o celular na mão, não se reconhecia. O ar não entrava em seus pulmões na mesma velocidade em que puxava, e isso dava uma sensação de desespero. Titubeava com o aparelho, o que nunca ocorrera com uma glock em punho. Bagulho de coração é foda, pensava consigo.

Estava ali há dois anos, mas não se acostumava ao cheiro de suor de muitos homens, ao mofo, ao odor de esgoto que subia dos ralos e circulava sem trégua entre os corredores, celas e impregnava--se nas roupas, lençóis, peles e almas de presos e carcereiros. As visitas de Janaína eram uma espécie de oásis; o perfume doce, que precedia cada movimento de amor num "quarto" insalubre, porém de caro aluguel do presídio, era liberdade condicional. Mas aí ela ia embora, deixando um pote com empadão de frango que ele gostava, umas goiabas, algum dinheiro e o vestígio daquela fragrância doce em seu corpo extasiado.

Conheceram-se num baile, na Amoreira, ela era de lá. Ele estava de visita. Perto da parede de som, fisgaram-lhe a atenção os lábios grossos bolando o baseado. Se fazia isso com balão, imagina o que faria com a minha boca, pensou. Quando viu o balanço da cintura, tipo rabiola de pipa no céu, ficou vidradão e foi atrás dela. Era fim do baile. O DJ colocara pra tocar "My Boo", do Usher. Ele parou em frente à Janaína e travou diante dos olhos profundos e negríssimos dela. Ante o desconcerto daquele homem, que carregava pistola presa à bermuda e nenhuma coragem no peito, ela se aproximou e falou sabe-se lá o que em seu ouvido. Naquele segundo,

Zé só conseguiu sentir o hálito quente e úmido escorregar pelo seu pescoço, e deixar o corpo todo frio. Canhões de luzes transpassavam sua mente, já um pouco embriagada. Liberta, DJ. Todo o futuro de Zé nos olhos dela, os filhos, a casa na roça, largaria a boca se fosse preciso. Todo o futuro em seus olhos. Só os dois ali, regidos por uma melodia que apenas o casal era capaz de escutar. Quando a batida, de repente, se esgotou, eles estavam embaixo de um lençol, enrolados de forma que não havia outra razão para a criação do molde de seus corpos que não fosse o perfeito encaixe em que se encontravam. Mas ali, numa cela escura e sem coração, a magia daquela noite parecia ter acontecido em outra vida.

Ter Janaína nas visitas significava fugir do mundo. A mulher encarava aquilo como uma missão, algo que deveria fazer sem reclamar, sem esmorecer. Porém, aquela rotina a matava um pouco por dentro. Primeiro, as filas intermináveis para chegar à revista. Tirava cada peça de roupa cuidadosamente, abria as pernas em frente a uma desconhecida, agachava. "Baixa de novo, ainda não dá pra ver. Chega perto! Abre a xereca com a mão", dizia a inspetora, com um tom de indiferença. Naqueles momentos, sentia-se invadida pela aura sombria daquele lugar. Era como se ela também tivesse uma dívida com a Justiça, cumprisse uma pena por amar aquele homem.

Nos primeiros meses, Janaína conseguiu disfarçar o desconforto. Ultimamente, porém, era um peso para Zé olhar o semblante abatido da mulher. A cada visita, sua pele adotava um tom mais pálido, os olhos não vislumbravam futuro, só carregavam uma dor resignada e perturbadora; sua juventude escorria pelas mãos implacavelmente. Cabia a ele dar fim à sentença da mulher que amava. E faria isso naquela mensagem. Falaria sobre seu amor, o quanto era importante tê-la perto. Mas que não suportava mais vê-la cercada por aquela amargura. Afinal, quem estava preso era ele, e Janaína deveria viver como bem entendesse. Graças a ela, decidira se entregar à polícia. Não fosse por Janaína, certamente teria morrido. Não podia lhe exigir mais nada.

Sentado com as costas para a parede, secou as mãos no colchonete sobre o chão, segurou o celular determinado.

[Zé digitando...]
Janaína, aqui é o Zé, peguei o telefone com a rapaziada...
Preciso falar um bagulho contigo.

Trinta minutos depois.
[Janaína digitando...]
Oi, amor. Tava no postinho de saúde, por isso demorei.

[Zé digitando...]
Qual foi, preta? Que que houve contigo?

[Janaína digitando...]
Tinha um tempo que tava sentindo uns enjoos, sabe? Umas tontura no corpo. O médico disse que não tinha nada. Mandou a enfermeira fazer o teste da barriga e achou um anjinho, que se for homem, vai se chamar José.
:)

[Zé digitando...]

Cortina de fumaça

Parte 1 — Carol

Se o cara entra na polícia idealizando que vai salvar o mundo, ele errou de profissão, e errou muito. No Rio, não dá. Aqui é terra sem lei, faroeste. Não há espaço para heroísmo romântico. Meu marido, policial, provou dessa tese da pior maneira possível, sentindo o gosto gelado da pistola sobre sua nuca, desarmado, refém de suas próprias contradições. Mal o conheci e tive certeza de que Diego escolhera o emprego errado. Completamente errado. Ele, não. Acreditava ter nascido para vestir aquela farda e dedicou toda sua inteligência e força para ser aprovado na Escola de Oficiais da Polícia Militar. Assim, começou a carreira numa posição até privilegiada da hierarquia, era aspirante a oficial.Nossos caminhos se cruzaram num sábado, quando meu primo Mauro comemorou seu aniversário num pagode no Jacarepaguá Esporte Clube. Gosto de samba, mas aquele ambiente lembrava uma versão mais festiva de um quartel. Tirando um ou outro amigo de infância, os convidados do "camarote" eram todos aspirantes da Escola de Oficiais. E não eram exceção. Nas outras mesas, homens de tudo que era batalhão da cidade empilhavam baldes com gelo, garrafas de whisky e latas de energético. Vestiam-se como gêmeos com suas blusas polos apertadas, as grossas correntes douradas pesando-lhes o pescoço e relógios grandes demais para os pulsos, bem parecidos com aqueles do Faustão, sabe? Para acompanhá-los, as mulheres precisavam ser loiras, de pele clara — foi a minha sensação. Algumas coloriam os olhos com lentes verdes ou azuis, maquiagem em excesso, e justos vestidos destacavam seus bonitos e malhados corpos. Performavam uma personalidade contida, meio blasé, enquanto homens extravasavam, saldando uns aos outros exageradamente, com seus copos transbordando. O que eu fazia ali? Não sei. Era uma E.T. acuada num canto, tomando um guaraná, e tentando prestar mais atenção na música do que naquela vitrine de gente igual.

De repente, do corredor surgiu uma miragem. Diego caminhava lentamente, atraindo olhares, não por sua beleza evidente, mas pelas roupas: uma bata africana sobre uma calça clara de linho e um sapato de couro cru. O gingado com que alternava e equilibrava o movimento leve de suas pernas e braços musculosos ao andar era uma dança perfeita. De longe, ele sorriu para meu primo, e aquele sorriso era uma espécie de sol no meio da noite. Então se abraçaram forte e, pelo ânimo de Mauro, intensificado pela embriaguez, me pareceram ser grandes amigos. Soube depois que meu primo era a única pessoa na polícia com quem Diego travou amizade. Mauro era super carismático e capaz de criar vínculos sinceros até na fila do pão; o outro, no entanto, era o oposto, demorava a confiar.

A recepção do restante dos companheiros também foi calorosa, mas cheia de piadas sobre as roupas dele. Lembro de um deles dizer que o terreiro de macumba ficava no outro quarteirão. A tudo Diego respondia com um sorriso contido, passivo. Não aguentei ver aquela cena quieta e o tirei para dançar. "Oi, sou Carol, prima do Mauro. Tudo bem? Dança comigo?". Nem esperei a resposta, puxei-o pelo braço, e ele me acompanhou com aquele mesmo sorriso servil. Então o grupo de pagode tocou uma música mais agitada, o pandeiro estalando. Diego me apertou contra seu corpo, guiando feito um mestre-sala com seu gingado suave, me fazendo executar passos que não tinha ideia que meu corpo era capaz. A primeira grande surpresa que aquele homão me pregou. Depois de muito dançarmos, saímos por um instante até um pátio aberto, eu precisava fumar.

— Não vai achando que eu estou te dando mole, não! — exclamei.

— Ué, não disse nada.

— Mas pensou. Só te chamei para dançar porque você estava todo amuado.

— Você também não parecia estar muito feliz, sentada com seu guaranazinho. Mas foi só me ver, para mudar rapidinho, né? — E sorriu uma gargalhada gostosa.

Diego não me deu outra opção senão beijar aquela boca, contudo, ele era alto demais e fiquei no meio do caminho, com os pés esticados como uma bailarina, meu rosto em direção ao dele. Então ele estendeu as mãos ao redor da minha cintura, me trouxe contra seu peito, como na dança, se inclinou e nos beijamos por poucos minutos, ou talvez muitos, não sei. Ao voltarmos para junto da mesa, todos me pareceram mais alegres e dançantes, no auge da embriaguez. Foi quando um dos aspirantes, um tal Pereira, esbarrou bruscamente em Diego e, sem razão, como se tivesse sido ele o agredido, empurrou-o novamente. Os outros rapazes, incluindo meu primo Mauro, tentaram conter os dois. "Tá pensando que eu sou quem, neguinho? Não sou os favelados que você conhece", afrontou Pereira, antes de sacar uma pistola — a revista desses pagodes era sempre falha, para policiais.

Estranhamente, em vez de nervosismo, Diego tinha um riso provocador no rosto, terror nenhum, o que deixava Pereira ainda mais furioso. Então, de repente, me pegou pela mão e disse: "Vamos!", e eu fui, dando de ombros para todo aquele fuzuê. Foi só sair dali que nos sentimos mais leves. No carro dele, comentei:

— Menino, sorte a sua aquele maluco não ter atirado. Nossa, que raiva!

— Sorte a dele eu não ter atirado — disse, para meu espanto, Diego, puxando um revólver da cintura.

Seguimos o restante do trajeto até a minha casa quietos. Nem sei por que fui embora com ele. Se tem um tipo de homem do qual sempre corri, foi de policial. Mas Diego era diferente, cresceu na Vila Kennedy e foi o primeiro de sua família a se formar na faculdade – Engenharia da Computação. Poderia estar ganhando uma grana em qualquer empresa gringa, mas a Polícia Militar era um sonho irremediável.

Continuamos a nos ver nos meses que se seguiram. Não fomos mais a pagodes de polícia, apesar dos convites de Mauro. Era sempre mais tranquilo fazer nossas apresentações de dança solo (para nós mesmos) nos bailes black de Madureira ou nos sambas de raiz pela cidade.

Diego aprendeu a dançar nas grandes festas de família em Bangu, sempre com muita gente, crianças correndo para lá e para cá, mesas fartas de quitutes e música alegre. Ele era o orgulho da família e foi cultivado em um ambiente acolhedor, de muita união. Assim, foi a festança de nosso casamento, apenas um ano após conhecê-lo.

Casei-me inebriada de amores por aquele marmanjo. Fomos morar em Irajá, numa casa com um amplo quintal, onde também poderíamos receber nossos parentes em alegres festas. Já conseguia ver crianças, as nossas, correndo ali. Um dia. Ao mesmo tempo, Diego se empolgava com a proximidade da formatura na qual, enfim, se tornaria oficial. Ele se dedicava com afinco em sala de aula e nos treinamentos, como se fossem para valer.

Um dia, ele chegou em casa um tanto cabisbaixo, nem sequer tomou banho antes de sentar no sofá, pensativo, os braços cruzados. Ao sentir minha aproximação, desatou a falar:

— Tô puto com esses caras.

— Que caras, Diego?

— Talvez seja bobeira, mas tô meio bolado. Toda vez que tem treinamento de incursão em favela, eu sou sempre o ganso que tem que ser alvejado no alto da laje.

— Ganso?

— Sim. É assim que chamamos o traficante, o viciado: é tudo ganso.

— E por que você acha que te colocam sempre nessa posição?

— Sei lá, porque eu sou um dos poucos aspirantes a oficial que saiu de comunidade.

— Só isso?

— Onde você quer chegar, Carol?

— Não quero chegar a lugar nenhum, só quero que você reflita por que te chamam de ganso.

— Ah, deve ser porque sou preto. Está satisfeita? É porque sou preto.

— Sim! E se isso te incomoda, por que você não reclama com seus superiores?

— Tá doida? Se eu disser a palavra "racismo" no quartel, na melhor das hipóteses, vão dizer que é mimimi ou vai dar algum problema, para mim.

— Ué, é a profissão que você escolheu — rebati, venenosa, e logo me arrependi ao perceber que seu semblante desmoronara.

Nunca mais tocou no assunto comigo e permaneceu sem reclamar até o fim do curso.

Os caminhos de Diego e de meu primo se afastaram após a formatura. A fluidez com que Mauro cativava amigos lhe rendeu uma vaga na Corregedoria, num escritório com ar-condicionado, no Centro do Rio, bem distante das violentas operações policiais, que vez ou outra deixavam um soldado no chão.

Meu marido, agora, era tenente Diego Firmino, ou apenas Tenente Firmino, e assumiu um posto no coração do Morro do Mônaco, na beira da parte rica da cidade. Foi um dos oficiais recém--formados que mandaram para as Unidades de Polícia Pacificadora. A iniciativa diminuiu a presença de traficantes armados, embora as drogas continuassem a passar, de mão em mão, nas sombras dos becos. Esse ambiente de aparente paz era o argumento que Diego usava para tentar controlar minhas crises de pânico, o receio de que poderiam apagar para sempre aquele sorriso todo dele e todo meu, o sol na noite.

Todos os dias, Diego me contava impressões sobre as coisas que via. Ele se assustava com a falta de estrutura de uma favela encravada num bairro tão rico. Os barracos remendados, as vielas estreitas, o esgoto brotando do chão onde crianças brincavam, e os arranha-céus no horizonte. Esses elementos compunham um quadro que tocava no íntimo do meu marido. Lembro de uma vez ele se lamentar de que se a vida por ali fosse melhor, talvez nem precisasse de polícia.

Então, ele decidiu tomar uma atitude para ajudar as crianças do morro. Primeiro, convenceu o comandante da UPP a liberar uma sala para aulas de informática. O coronel era um sujeito desconfiado e, no geral, ranzinza, mas achou que a ideia poderia lhe render uma boa impressão na Secretaria de Segurança. A sala, contudo, foi sua única concessão. Os computadores, quase todos com alguma avaria, foram doações, que Diego mesmo tratou de consertar e colocar em mesas velhas emprestadas pela prefeitura. Três vezes na semana, depois do expediente, dava aula de informática e leitura para crianças da favela.

Num primeiro momento, o povo desconfiou do projeto. Acharam que era uma estratégia da UPP para tentar pegar informações sobre os traficantes. Duas ou três crianças de comerciantes favoráveis à UPP rareavam na sala ampla ao longo de semanas. A ausência de quórum quase o fez desistir. Até que num plantão, ele foi chamado às pressas para separar uma briga de casal.

Ao chegar ao barraco, pôde ouvir os gritos. Entrou pelo portão e, na sala, se deparou com uma mulher com a pele coberta de hematomas e um homem bêbado e transtornado. "Tá tudo tranquilo, chefe. É assunto de família. Não vamos te dar trabalho, não". E a dona nem falar conseguia.

O valentão saiu de lá algemado na frente da muvuca que se embolava no beco ansiosa pelo desfecho.

Nos dias que se passaram, para surpresa de Diego, a turma de informática começou a ficar povoada. As pessoas da favela, principalmente as mulheres, deram um voto de confiança. As crianças curtiam aprender no computador, e gostavam mais ainda do lanche que recebiam no final – patrocínio da dona do mercadinho. As notas e a disciplina dos pequenos na escola melhoraram. Essa nova relação com a comunidade deixava-o realizado, e próximo do seu sonho de buscar transformações na sociedade.

Um dia, ele me contou intrigado sobre a entrada de um novo aluno na turma. Um menino que chegou com a avó e se sentou no fundão durante a aula inteira. Não falou nem brincou com as outras crianças, que tampouco quiseram se aproximar dele. Diego pediu para que o garoto se apresentasse, e muito forçosamente ele disse apenas seu nome: Marcus Vinícius, e voltou ao seu silêncio inquebrável. Ao fim da aula, uma pequena chamada Mariana esperou todos saírem e contou a Diego baixinho, com modos de segredo, que Marcus Vinícius era filho de Bino, o dono do morro. Antes de partir, sugeriu que meu marido expulsasse o garoto.

Diego não o fez, mas também não se sentiu confortável. Nem sequer dormiu bem naquela noite, nem na seguinte, véspera de aula. Então, quando as crianças entraram na sala, ele pediu que a turma o aguardasse quieta, saiu e abordou, na rua, a avó de Marcus Vinícius.

— Vem cá, minha senhora, vocês querem me intimidar? Fala com seu filho que eu não tenho medo de ninguém, não, tá me entendendo?

A mulher arregalou os olhos e, por alguns instantes, estudou a melhor maneira de dizer o que precisava.

— Tenente Firmino, é esse seu nome, né? Me chamo Aurora. O senhor está de farda, mas para mim, é um menino. Não me leve a mal, mas você é muito jovem, tem a idade do meu filho. Meu neto não tem nada o que intimidar, é só uma criança um tanto arredia, isso você já deve ter percebido. E chegou aos meus ouvidos que tem um professor dos bons na UPP. Quis trazer Marcus. O meu filho, sobre quem você também já deve ter ouvido falar, deixou o garoto vir para estudar, para ser alguém melhor do que isso ao nosso redor. Nem precisa ser sisudo assim, porque o que importa é o respeito, e isso você ganhou aqui no morro. Muito diferente dos seus colegas, você é um construtor de pontes.

Diego apenas assentiu e voltou para a classe, como se nada tivesse acontecido para retomar a aula, com Marcus no lugar de sempre, ao fundo.

Aos poucos, sua relação com o menino começou a evoluir. Primeiro, foi fisgado pelas revistas em quadrinhos, que lia à tarde sozinho, alheio à aula. Depois já participava dos jogos em grupo, e as outras crianças, no início ressabiadas, agora o convidavam para brincar junto. Em pouco tempo, o antes introvertido Marcus Vinícius falava com todos, ria alto, passou a ser chamado de Marquinhos e até se arriscava a responder na frente dos colegas as perguntas do quadro.

Numa comemoração do Dia dos Pais, para estreitar o vínculo com os familiares dos meninos, Diego convidou os responsáveis dos alunos para assistirem a um vídeo que produziram juntos. Fizeram uma pequena sessão de cinema na sala. Era um sábado, e os pais e mães de quase todos compareceram. Somente a cadeira de Marquinhos ficou vazia.

Na semana seguinte, o menino foi o primeiro a chegar na sala. Enquanto Diego arrumava as carteiras e ligava os computadores, Marquinhos se levantou do assento e deu um abraço em meu marido.

— Queria que você fosse meu pai — atirou desconcertado, antes de emendar: — O senhor acha que meu pai é mau, professor? Todo mundo tem medo dele. Às vezes, até eu.

— Eu não conheço seu pai, Marquinhos. Talvez ele esteja só perdido. Mas você não precisa se preocupar com isso, que é coisa de adulto. Tudo bem?

O menino catou uma revista e caminhou até o fundo da sala. Diego não conseguiu prender as lágrimas enquanto me contava essa história.

Parte 2 — Diego

Tava tudo bom para ser verdade. Pereira fez merda no 41º. Tava na patrulha e metralhou um palio, porque achou suspeitos uns garotos que saíam de carro do morro do Getúlio. Um estrago. Quando foi dar um confere nos três mortos, encontrou uma identidade militar. Era um soldado da aeronáutica com seus irmãos, que tinham acabado de sair de um aniversário. O comandante da Aeronáutica não deixou barato e levou o caso até a última forma.

Pereira e os outros PMs ficaram agarrados por três meses. Terminou geral expulso, menos o Pereira. A família dele era patente alta na hierarquia, e ouvi dizer que tinha até deputado. Para ele, só sobrou uma advertência no histórico e foi transferido para uma das favelas mais calmas da cidade. Para o meu azar.

E o diabo não sossega. Quando fica quieto, está maquinando alguma coisa. Não demorou para Pereira pesar o clima no Morro do Mônaco, era nuvem de tempestade. Nas suas rondas, chegava na violência em qualquer um que cismasse. Se viessem a mãe, o pai, a avó, para intervir, ele xingava, empurrava. Direto dava surras em quem achava fumando maconha pelos becos.Fiquei puto quando a mãe de um aluno, a dona do mercadinho, me contou, quase suplicando, que Pereira e o grupo que ele formara estavam cobrando R$80 por semana para todos os comércios da rua principal. Preferia não ter ouvido aquilo. Queria distância desse cara. Refleti e decidi trocar uma ideia com o Mauro, sei lá, o cara é da Corregedoria. Foi um tiro n'água. Pereira tinha costas quentes, me disse. É … processo interno não funciona com miliciano. Miliciano de farda. E acabou sobrando para mim. Marquinhos sumiu das aulas, e pouco a pouco, os outros pais também pararam de levar seus filhos. Ficava tristão quando eu passava pelas pessoas na rua e elas abaixavam a cabeça, me ignoravam, como se eu fosse um desconhecido, como se eu fosse um dos policiais que estavam esculachando.

Fiquei abatidão, sentia falta das crianças. Sabe como foi difícil quebrar a casca do Marquinhos? Gostava mais disso do que ser polícia. Eu acreditei de coração que podia tirar o moleque da vida errada. E o sentimento da rua ficava cada vez pior. Não sei explicar, era uma energia ruim que ventava pelas vielas. Os moradores evitavam sair, não se ouvia mais pagode alto nos bares. E quando está para acontecer coisa ruim, a favela sabe. Eu sabia, sou cria de uma.

Sem as aulas do projeto, o comandante passou a alternar os dias do meu serviço. Numa sexta-feira, caí exatamente na escala de Pereira. O cara parecia um pitbull, desconfiado até da sombra de cada esquina. Tava na caça. Alguém batia alguma informação pelo celular, e ele nos guiava no faro. De repente, paramos num beco, ele falou. Eu não tava ligado no que ia acontecer, depois soube que os outros, sim. Era troia. Um clarão se impôs na nossa direção. Pereira nem pensou duas vezes, mandou bala para cima da moto, que tombou metros à frente. À luz do poste, deu para ver um homem estirado, enquanto um vulto escapuliu na penumbra. Era Bino no chão, um dos tiros lhe acertou a perna. Pereira se empolgou:

— Olha só quem tá aqui! Temos a presença ilustre do ex--dono do morro, rapaziada.

— Qual foi? Tô na mão. Pereira se ajoelhou sobre o pescoço de Bino, tava matando o cara sufocado. Aí eu intervi:— Vamos deter o ganso, rapaziada. Vamo deter e levar para base.

— Tá maluco, Firmino? Vai levar ele para base para quê? Tem flagrante? Não. A gente leva ele para base e daqui a uma hora esses vagabundo dessa favela nojenta colocam fogo em tudo. Bora é terminar com isso aqui agora.

Percebi que eu não estava numa situação aleatória. Era tudo calculado. Pereira e os seus parceiros tavam vidrados. Tava brilhando nos olhos deles o poder sobre a vida e a morte. Se achavam deuses e podiam escolher. E, sozinho, eu podia fazer o quê? Pereira pressionou forte sobre o pescoço, com todo peso de seu corpo, até Bino perder os sentidos, e então se levantou e o acertou com um tiro no peito. Os outros policiais imitaram, cada um deixando sua marca, na barriga, no rosto, no saco.

— E aí, Firmino? Não vai deixar sua contribuição?

— Não, tá de bom tamanho. Olha a cara dele, toda esculachada. Tá de bom tamanho.

— Ah é? Então, tá. Bora se adiantar, guerreiros.

Antes de a gente ralar, Pereira desembrulhou uma pistola e a plantou na mão inerte de Bino. Eu voltei para base, enquanto Pereira continuou com outros dois, o Noronha e o Santana, para arrumar o flagrante. Já havia participado de operações, vira gente morrer, perdi colegas, senti o gosto amargo de guerra. Mas aquele ritual da morte do Bino se instalou dentro de mim com um sentimento de repulsa que eu vou sentir para sempre.

O tempo passou, e nada de os outros voltarem para a base. Precisávamos sair da favela em comboio, para evitar emboscadas na madruga. O silêncio foi rompido pelo bipe do rádio transmissor de um dos soldados. Era Pereira avisando que estava à procura do vulto que caiu da moto com o bandido executado e fugiu. Um x9 deu a planta: era o filho de Bino, o Marquinhos. E não tinha chance de Pereira deixar uma testemunha para trás. Ele, Noronha e Santana percorreram becos com o informante encapuzado em busca da casa onde o menino morava com a avó.

Ao ouvir aquilo, gelei por dentro. O moleque perguntou se eu podia ser pai dele e agora aquilo. Pensei em mais nada. Peguei meu parafal e saí apressado da base. Os soldados protestaram alguma coisa que não ouvi quando desapareci na penumbra de um beco. Corri o mais rápido que pude em direção à casa de Marquinhos, que àquela altura podia estar morto. Só de imaginar, meu corpo era tomado por forte náusea, uma vontade de choro, que eu precisava conter.

Um silêncio profundo e vivo tomava conta daquelas ruelas. Pensava em alguma forma de convencer Pereira a desistir da ideia, mas antes precisava deixar o menino a salvo. Com o fuzil atravessado no corpo, pulei o portão que ficava de frente para um quintalzinho. Testei a maçaneta, e estava aberta. Entrei, tentando não fazer ruído, pelo breu de uma sala e parei quando senti o frio do metal na minha nuca.

— Calma, calma, porra. Sou eu, o professor Firmino.

E o bico tremia nas mãos pequenas dele, tremia na minha nuca. A mesma pistola que tinha sido deixada nas mãos de Bino para incriminá-lo e que Marquinhos surrupiou ao notar que os assassinos de seu pai haviam saído de perto.

— Por que vocês mataram meu pai, professor? — indagou com voz sofrida.

— Que isso, Marquinhos. Tá maluco?

Então o menino desatou a chorar. Num movimento rápido, tomei a arma de sua mão e consegui tatear até o interruptor e acender a luz. Com o barulho, dona Aurora acordou e correu até a sala, onde se deparou comigo e o neto.

— Eu não atirei. Foi a porra do Pereira.

— Mas o senhor não fez nada.

— Agora, eu vou fazer. Deem um jeito de se esconder, que o Pereira está vindo para cá para pegar você. Mas eu não vou deixar.

Então foi possível ouvir o barulho de gente se aproximando na rua. Mandei apagarem todas as luzes da casa e se esconderem para que desse tempo de chamar Pereira no rádio para desenrolar.

— Pereira, fala comigo. Tenente Firmino falando. Estou aqui na casa do menino. O garoto é meu aluno, é só uma criança.

— Caralho, tu tá maluco, porra? Tu só pode tá fumado, Firmino! Porque cheirado tô eu e não tô delirando que nem você.

— Vamos fazer da melhor forma para deixar o moleque em paz.

— Tu tá preocupado com sementinha do mal, tenente. Eu tentei te ajudar. Infelizmente, vou ter que reportar morte em serviço. Bota a cara no beco.

Pereira e os comparsas se espalharam, cada um se posicionou num canto e começaram a disparar contra a casa, as balas salpicando as paredes e as janelas. A coroa e o menor escondidos no fundo, eu fiz da laje a minha base. Alguns minutos que pareciam uma eternidade com as cápsulas douradas tilintando o chão de cimento e pedra, perfurando tijolos. Aí eles pararam e calaram por alguns instantes.

Mexeram com o cara errado. Segurei até o máximo que deu, e esperei que começassem a invadir a casa. Quando atravessaram o portão e entraram no quintal, larguei a granada de efeito em cima deles. Foi um clarão para deixar atordoados e a fumaça para não verem nada. Na sequência, soltei o aço em cima: *pa pum, pa pum, pa pum!* Era impossível decifrar de onde vinha o eco do parafal: *pa pum, pa pum.*

Eles resolveram contra-atacar, porém não sabiam nem de onde estavam sendo alvejados, só tinha fumaça na frente. Dispararam para todos os lados o tanto de balas que ainda restava nos últimos pentes. Continuei a atirar. Um a um interrompeu os tiros. Só ouvi o barulho de corpos tombados no chão. Do alto da laje, vi a névoa passar e então avistei Pereira e os outros no chão, baleados.

Sumi com Marquinhos e com a avó pela janela lateral e fomos até um lugar em que estivessem seguros. Bati um rádio para a UPP, avisei dos feridos e me entreguei na Corregedoria. Os outros sobreviveram, apesar dos ferimentos. Dizem que vaso ruim não quebra. Fiquei preso por alguns dias, mesmo alegando legítima defesa. Mas um vídeo mostrando que Pereira começou a troca de tiros chegou à Corregedoria e corroborou minha história, junto de várias outras denúncias anônimas; era muita merda na conta do cara, e foi isso o que limpou a minha barra. O corregedor chegou a dar o bote nele, só que, no fim, a punição de Pereira foi ser transferido mais uma vez. Dessa vez, ter costas quentes não foi suficiente para ele. A notícia de que Pereira tinha tentado contra mim na trairagem se espalhou por cada batalhão da cidade, e o fanfarrão não durou muito tempo na pista. Tudo que a tropa não admite é matador de policial, mesmo que ele seja policial também.

Rian enganou a morte

Rian está na rua quando escuta os primeiros disparos. Segura as alças da mochila mais firme, aperta o passo. Nos becos, pessoas apreensivas voltam para seus lares o mais rápido que podem. Das janelas, mães gritam palavrões cabeludos e os nomes de suas crianças fujonas que, ao voltar para casa, são recebidas com alívio e safanões na mesma intensidade. Rian não pode retornar, os tiros vêm da direção do seu barraco e se aproximam rapidamente. Ecos de 762, *pa pum, pa pum*. Alguém devolve uma rajada de G3, *tom, dom, dom, dom*. A cada esquina, o coração de Rian revida, *tum-tum, tum-tum, tum-tum*, mais rápido que bala de fuzil israelense. Corre só por dentro, do lado de fora anda cauteloso para mostrar que não deve. E faz diferença?

Inevitável. O pegapacapá se aproxima como o som de trovão; quanto mais alto o barulho, mais perto está a tempestade. Nesse instante, Rian escuta muitos passos, plástico de chinelo Kenner açoitando o chão de cimento. Olha para trás e vê os caras correndo como Claudinei Quirino, mas, dessa vez, para fugir do metal no peito. No encalço deles, lá no fundo, a nuvem azul, o som oco de coturno no chão, as miras confusas. Mas Rian está em vantagem. Alguns metros de vantagem. Então, a tempestade chega, e ele corre sem olhar para trás, para os gritos, para os rasantes de bala estourando tijolos. Enfim, consegue ver a saída do morro, só falta virar uma rua. A correria diminuindo, os passos silenciando. Vira o beco.

Ufa. Alívio. Respira fundo. Chega a tossir. *Tum-tum, tum-tum, tum-tum.* Tudo muito quieto. Melhor não baixar a guarda. Continua a andar rápido na saída da favela. Até que, de repente, Rian se depara com uma jovem como ele, mas que nunca viu por ali. Veste um top, um short de futebol e um boné de aba cavada. Sem delongas, ela se apresenta:

— Fala aí. Sou a Morte.

— Caô — ele responde.

A Morte parece se surpreender com a resposta de Rian, que continua a caminhar a passos largos, não tem tempo para conversar. Sem perceber, está diante do inevitável. Ela insiste:

— Sou, pô.

— Doideira. A Morte é tipo uma cria?

— Tenho várias formas, depende da ocasião mesmo.

— Ainda — diz Rian, baixinho.

— Ainda o quê?

— Nada, é gíria.

— Não entendi.

— Bora, que eu te explico no caminho.

— Que caminho o quê, doidão, tua hora chegou.

Nesse instante, a Morte faz o gesto de arminha com uma mão, e começa a apontar para Rian.

— Caô, chegou nada.

— Tô te dizendo...

— Ainda.

— Puta que pariu! Lá vem tu com esse negócio de "ainda".

— Tu quer que eu te explique o que significa ou não?

— Quero.

— Então bora, que o trem vai passar.

Intrigada com a atitude de Rian, a Morte acaba cedendo. Os dois correm até a estação Jacarezinho. Dá pra ouvir o som da sinaleira anunciando a aproximação do trem. O moleque pula a plataforma para não pagar a passagem. Meio constrangida, a Morte o segue. Ali não tem guarda. O trem chega, e os dois entram num vagão, que é tão velho que a porta não fecha. Então, eles viajam ali, sentindo o vento no rosto, vendo a paisagem de matagal, barracos e fábricas abandonadas passar.

— Por que tu não pagou a passagem? — ela questiona.

— Por que que tu quer me levar, Morte? — devolve Rian.

— Ué, é a tua hora.

— Como tu sabe?

— Estava no relatório.

— Ih, caralho. Pronto — desconfia Rian.

— Estava lá: jovem, cor padrão, mochila nas costas, no Morro do Jacaré.

— Ué, esses são vários. Maior blocão de gente. Como tu sabe que era eu?

— O perfil se encaixa.

Eles interrompem a conversa na parada da estação de Triagem quando dois policiais entram no vagão encarando os passageiros. Rian tira dois livros da mochila e dá um à Morte.

— Finge que tá lendo, finge que tá lendo.

— O que houve?

— Os cana, lerdona.

— Não tem problema. Às vezes, eu apareço em forma de polícia.

— Tu acha que eu não sei? Mas hoje tu veio de cria, lerdona, disfarça.

Ambos se concentram nos livros. Ainda assim, os policiais se detêm um instante na frente deles, farejam, mas vão embora para outro vagão.

Um olha para o outro, cúmplices, e ficam em silêncio. Retomam a conversa instantes depois:

— Foi o que eu disse, tua descrição tava no sistema. Ordem de serviço, eu executo — sentencia a Morte.

— Tava meu nome lá? — contesta Rian.

— Ah, moleque. Não vou te dar mais ideia, não.

A Morte, enfurecida, então aponta o dedo em forma de arma na direção do jovem, que a interrompe mais uma vez.

— Calma, ué, tava meu nome lá? Sim ou não?

— A gente não trabalha com nome.

— Pois é. Alguma coisa tá errada aí.

Nesse instante, uma voz ressoa no trem e indica a chegada na estação Maracanã. O moleque pega os livros e corre apressado com eles nas mãos.

— Bora, tô atrasado. Tenho prova — diz Rian.

Com a expressão de cansaço no rosto, mais uma vez a Morte segue em disparada atrás do rapaz. Os dois atravessam a passarela da estação e entram no prédio da Uerj. É hora da aula e há uma intensa movimentação ao redor da concha acústica, em direção ao prédio principal. A Morte fica um pouco desnorteada no meio daquela muvuca.

— Ei, aqui não posso te executar.

— Por que não?

— No relatório diz que é proibido.

— Deu mole, lerdona.

— Mas não se anima muito, que eu vou ficar à espreita nas esquinas.

— Aí nós desenrola mais uma vez, que esse bagulho aí não tá certo, não.

— Ainda — finalmente ela aprende.

Então, a Morte vai embora, e o moleque sobe as escadarias, antes de entrar, esbaforido, na sala de aula.

Esta obra foi composta em Arno Pro Light 13 e impressa na gráfica Trio, em novembro de 2024 para a Editora Malê.